Eugenie Kain

Hohe Wasser

Eugenie Kain

Hohe Wasser

Erzählungen

OTTO MÜLLER VERLAG

ISBN 3-7013-1080-7

Satz: Media Design: Rizner.at
Umschlaggestaltung: Leo Fellinger, Salzburg
Druck und Bindung: Druckerei Theiss GmbH, A-9431 St. Stefan

nu l'è l'aegua ch'à fá baggiá
imbaggiâ imbaggiâ

Es ist nicht das Wasser, das uns zum Gähnen bringt,
es lässt uns alles verrammeln, alles verrammeln.

nu l'è l'aegua de 'na rammâ
'n calabà 'n calabà

Es ist nicht das Wasser aus einem Regenguss,
es ist ein Wirrwarr, es ist ein Wirrwarr.

Fabrizio De André

Der Vermittler

Durch den Sucher hatte ich die Leute von der Genossenschaft beobachtet. Es waren Frauen darunter. Der Unterschied war kaum zu erkennen. Die Leute von der Genossenschaft trugen Overalls, Stiefel, Hüte und Mäntel. Alles aus Gummi. Alles schwarz und oliv, nur die Handschuhe waren rot. Himbeerrot. Auf die Hände stellte ich scharf. Ich hörte Kommandos, hellere Stimmen und tiefe, in dieser Sprache klang alles heiter und zuversichtlich. Die Hände kamen aufeinander zu, bis sie einen Kreis bildeten. Die Hände stemmten ein Seil, und an dem Seil hing das Netz. Im Kreis der roten Hände glitzerte und glänzte es. Silbern, braun, weiß. Flossen und Fischbäuche. Der Teich kochte. Die Leute von der Genossenschaft standen bis zu den Knien im Wasser und bändigten das Netz. Ich stellte scharf und drückte ab und stellte scharf. Ich war auf der Suche nach Frauengesichtern. Da eine blonde Haarsträhne unter der nassen Krempe, dort eine rote Krause, aber nichts Eindeutiges. Ein schönes Arbeiten. Rhythmisch und zielgerichtet. Zu dieser Arbeit müsste man eine Unsrige zuweisen. Die Arbeitszeit zumutbar. Die Art der Tätigkeit auch. Abwechslungsreich, in guter Luft. Es gibt Sozialleistungen. Weihnachtskarpfen. Aber eine

Unsrige würde sich nicht ins Wasser stellen. Niemals. Eine Unsrige stellt sich nirgends hin. Weil das nicht passt und das auch nicht. Eine Unsrige muss geschoben werden und hingestellt. Sonst kommt sie nicht zu ihrem Glück. Obwohl ich die Stimmen hörte, fand ich keine Frauengesichter über den roten Händen. Sanfte, raue Stimmen, noch mit der warmen Ruhe des Schlafes im Ton, aber bereits hellwach und auf der Hut. Der Morgennebel hob sich und gab das gegenüberliegende Ufer frei. Ein paar Tage noch und im Wasser des Teiches würden sich die abfärbigen Schatten der knotigen Bäume spiegeln, ich würde scharf stellen auf den Damm mit den Eichen und auf eine Radfahrerin warten oder eine Mutter mit Kinderwagen. Aber noch loderte das Laub in allen Flammenfarben und wehrte den Blick ab auf das Hinterland. Es gab nur den Teich mit dem leuchtenden Saum und den Himmel darüber, der sich anschickte, hoch und strahlend zu werden.

Die Stimmen irritierten mich. Sie wurden lauter, unruhiger, schärfer. Neben mir warteten Lastwägen mit Bottichen auf den Ladeflächen, ein quietschender Kranarm hob das Netz aus dem Wasser und schwenkte zum Land, Laufbänder sprangen an. Mit Rudern und Stöcken schlugen die Fischer auf das Wasser, sie durchpflügten den Teich, bis sie an der tiefsten Stelle wieder zusammenkamen, um es im roten Kreis brodeln zu lassen. Andere blieben am Rand und hoben die Fische mit kleineren Netzen aus Tümpeln, die das ablaufende Wasser auf dem schlammigen Teichboden zurückgelassen hatte.

Ich bin kein Fischer, und beim Fotografieren interessieren mich die Fische am allerwenigsten. Mich interessieren Gesichter, unverdorbene, zufriedene Gesichter. Menschen bei der Arbeit. Aber diese Hüte verbargen alles. Bei der Sortieranlage am Ufer waren die Frauen deutlicher zu erkennen. Sie klassifizierten die Karpfen nach ihrer Größe und warfen die kleinen zurück ins Wasser. Ich hielt mich abseits. Sie sollten nicht auf die Idee kommen, mich heranzuwinken und sich mit dem einen oder anderen Prachtexemplar fotografieren zu lassen. Zu schnell ist man im Zentrum eines Geschehens, das man nicht will. Ich war einmal der hundertste Zuschauer beim Abfischen und gewann deshalb zwei Karpfen. Zwei lebendige Karpfen. Eine lachende Frau hatte die Fische in nasse Tücher eingewickelt und mir überreicht, und der Meinigen eine Broschüre mit Rezepten. Rosenberger Karpfen, Karpfen nach Treboner Art, Karpfen aus Jindřichův Hradec, Karpfen in schwarzer Sauce. Kapr, Kapr, Kapr, damals waren das nur fremde Schriftzeichen für mich. Die Meinige war anderen Rezepten gegenüber ohnehin nicht aufgeschlossen. Bei ihr gab es nur die Serbische Art. Schmallippig war sie geworden, während wir mit den tobenden Fischen im Arm beklatscht und fotografiert wurden. Wie stellst du dir das vor? Im Kofferraum hatte ich die Tiere über die Grenze gebracht. Daheim schwammen sie eine Zeit lang in der Badewanne. Scheu schlichen die Kinder ins Badezimmer und stupsten die Fische, die ruhig im Wasser standen und im nächsten Moment gegen die Emailwand rasten. An den Badetagen hob ich sie in die Abwasch. Mach was, sagte die Meinige. Ich fragte Kostič, was er machen würde mit einem lebenden Karpfen. Kostič ist gelernter Fleischhauer. Kostič seufzte. Kostič ist nicht Fisch und nicht Fleisch. Da war keine Spannung, keine Haltung, kein Wollen. Kostič saß nur da und seufzte, und mir wurde schlagartig bewusst: So sitzt er auch, wenn sie ihn nach seinen Stärken fragen. Sitzt da bei den Vorstellungsgesprächen und seufzt, und deshalb nimmt ihn keiner, und es wird schwer sein, ihm Verweigerung nachzuweisen. Ich hatte ein gutes Verhältnis zu Kostič. Ich spielte mit offenen Karten. Es war nicht meine Aufgabe, gemütlich zu sein. Die Leute sollten draußen in der Wirtschaft Fuß fassen, nicht bei uns. Kostič wäre gerne Konditor geworden. Kein Angebot, keine Nachfrage. Irgendjemand musste ihn bearbeitet haben und ihm klar gemacht, dass es ihm im Kern der Sache ja nur um den Umgang mit Lebensmitteln ging. Das Drumherum war Garnitur. Da der Streusel, dort die Wursthaut, drinnen die Arbeit. Warum den Punschkrapferln nachrennen, wenn die Leberkässemmeln auf dich zufliegen. Kostič wurde Fleischhauer, kämpfte sich ein paar Jahre zwischen Rindervierteln und Schweinehälften durch Fleischhauereien und Schlachthöfe, und als ihm bewusst wurde, dass es für ihn keinen Ausgang zu den Torten gab, wurde er Vegetarier und begann zu seufzen. So muss es gewesen sein. Denn bald darauf strandete er bei uns, und es war schwierig, ihm beizubringen, dass wir bei der Arbeitssuche Essgewohnheiten nicht berücksichtigen.

Herr Kostič, Sie müssen den Karpfen nicht umbringen, sagte ich, Sie hätten mir nur sagen sollen, wie Sie es machen würden. Kostič antwortete nicht, und weil er wieder seufzte, gab ich ihm ein Inserat zum Vorstellen als Lagerarbeiter im Gefrierraum des Schlachthofs.

Als kurz darauf einer der beiden Karpfen mit der Bauchflosse nach oben tot im Wasser schaukelte, legte ich Hand an. Der Meinigen nahm ich ein großes Schneidbrett weg, dem anderen Karpfen warf ich ein Geschirrtuch über den Kopf. Mit dem schwersten Hammer aus dem Werkzeugkasten schlug ich zu. Der Karpfen bäumte sich auf. Einmal, zweimal, noch einmal. Natürlich war ich es, der ihn ausnehmen musste. Zum ersten Mal in meinem Leben hielt ich eine Fischblase in der Hand. Auch die Kinder befühlten sie und staunten.

Mit der Fischblase, hatte ich den Kindern erklärt, hält sich der Karpfen im Gleichgewicht. Im Feuer zerplatzt sie mit einem lauten Knall, und dann wird Wirklichkeit, woran wir gerade denken. In welchem Feuer?

Heute weiß ich mehr. Fische schweben im Wasser. Mit Hilfe der Fischblase steigen sie auf oder ab, wo und wann sie wollen. Der Karpfen wühlt am schlammigen Boden des Teichs und kann kopfstehen dabei dank seiner zweigeteilten Fischblase.

Ich stand im Badezimmer und schaute den immer heller wirbelnden Fischblutwolken im Waschbecken nach, als es in der Küche unruhig wurde. Der Karpfen sollte wieder serbisch werden. Aber jedes Mal, wenn die Meinige den Fisch durchschnitt, schlug sein Schwanz aus. Einmal, zweimal, noch einmal. Ich nahm ihr das Messer aus der Hand. Später in der Pfanne wieder dasselbe Spiel. Portioniert und in Mehl und Paprikapulver gedrückt, begannen die Karpfenstücke im heißen Fett zu zucken, sie robbten und zitterten aufeinander zu, als wollten sie in einem letzten Tanz noch einmal eins werden. Die Meinige schrie.

Das müssen die Nerven sein, sagte ich. Natürlich war ich der Einzige, der an diesem Abend

Karpfen aß, die Kinder und die Meinige hielten sich an die Beilagen.

Esst, sagte ich, sonst ist auch dieser Karpfen umsonst gestorben. Die Meinige stieß ihren Teller weg. Zum ersten Mal sah ich, dass sie mich hasste.

Heute weiß ich mehr. Auch Menschen haben eine Art Fischblase. Die meisten. Kostič zum Beispiel. Er taucht einfach weg, wenn ihm der Druck zu groß wird. Er taucht weg, entgleitet, verschwindet und taucht plötzlich wieder auf. Oder die Meinige. Mach was, sagte sie, wenn es eng wurde und sie eine Entscheidung hätte treffen müssen, mach doch was du willst, oder sie sagte, ich bin keine von deinen Leuten, so kannst du mit mir nicht reden, und weg war sie mit ihren Gedanken, sie verschwand in ihrem Zimmer, stundenlang, nächtelang, und wenn sie wieder auftauchte, sah sie durch mich hindurch. Ich bin kein Fischblasenmensch. Wo ich bei anderen das Organ für den Druckausgleich vermute, ist bei mir eine wunde Stelle. Ich kann dem Druck nicht ausweichen und nicht davontauchen. Ein dumpf brennender Schmerz hat sich eingenistet. Manchmal nimmt er mir die Luft, manchmal lässt er mich zusammenfahren wie die Schuhspitze den Wurm.

Auch Ludmilla ist ein Fischblasenmensch. Geh zum Arzt, hatte Ludmilla gesagt. Mit ihrem Zeigefinger war sie sanft die Kerben entlanggefahren, die mir der Schmerz in die Wangen geschnitten hatte. Du kannst doch zum Arzt gehen. Diese Wendung des Gesprächs war mir nicht recht gewesen, und ich hatte mich wieder auf sie geworfen und ihr den Mund zugehalten, wie in der Nacht zuvor, als niemand auf dem Campingplatz einen Ton hören sollte von unserer Liebe im Zelt, und Ludmillas erstickter Schrei steigerte meine Lust ins Unermessliche.

Bis hierher bin ich aus eigener Kraft gekommen, hatte sie später gesagt, als ich ihr vorschlug, mit mir nach Österreich zu kommen, wir werden sehen, welche Wege das Leben noch für mich vorgezeichnet hat. Ludmilla ist Maschinenbauingenieurin, sie spricht gut Deutsch, mit starkem slawischen Akzent. Sie war stolz darauf, sich in der Zeit des allgemeinen Aufbruchs von der Mündung des Dnjepr ans Ufer dieses böhmischen Fischteiches durchgeschlagen zu haben. Ludmilla arbeitete im kleinen Selbstbedienungsrestaurant des Campingplatzes. Sie schöpfte vorsichtig heiße Suppen in tiefe Teller, Serviettenknödel legte sie fächerförmig auf, bevor sie Gulaschsaft darüber goss, und die gebackenen Karpfenstücke garnierte sie umständlich mit Petersilie, Zitronenscheiben und Essiggurken. Alles machte sie bedächtig, als überreiche sie mit jedem Schöpfer Reis eine wichtige Botschaft.

Ihre beiden schulpflichtigen Töchter hatte sie bei der Mutter in der ukrainischen Steppenstadt zurückgelassen. Regelmäßig schickte sie Geld. In Cherson ist das Leben nur sehr schwer zu leben, sagte Ludmilla. Unsere Stadt ist die Stadt der Bräute. Auf einen Mann kommen neun Frauen. Es gibt keine Männer und es gibt keine Arbeit. Du lässt dich vermitteln in einer Partneragentur, damit du rauskommst aus der Stadt wie ein Sack Getreide oder ein repariertes Schiff aus einem unserer zwei Häfen. Wo du landen wirst, weißt du nicht. Oder du wirst vermittelt. Als Schönheitstänzerin ins größte Hotel der Stadt. Nur ist das eine Arbeit für ganz junge Mädchen, solange sie noch keine blauen Flecken haben vom Leben und keine Hornhaut und keine Runzeln. Mir hat das Leben zwei Kinder gemacht, und sie werden sich nicht an die Stange des Nachtklubs stellen müssen. Hier habe ich Arbeit, sagte Ludmilla, und das ist besser als nichts. Besorge mir eine Arbeitserlaubnis in deinem Land und ich gehe mit dir.

Dann sagte sie wieder: Wir werden sehen. Wir werden sehen was der Winter bringt. Wir werden sehen, ob ich in der Fischereigenossenschaft Arbeit bekomme, wenn der Campingplatz geschlossen ist. Wir werden sehen, ob ich hier bleibe. Heute bleibe ich da, und morgen auch, wenn du willst, sagte sie, ich habe frei, und sie setzte sich mit einem dampfenden Teller Kuttelflecksuppe – Dršťková – zu mir an den Holztisch des Campingrestaurants. Auch damals schickte sich der Herbsthimmel an, hoch und strahlend zu werden. Weiße Wattewolken schwammen über das Fischteichland. Ein Arbeiter schnitt Holz für den Heizkessel, damit das Wasser für die Duschen auch am Abend noch heiß aus den wackelnden Brauseköpfen sprang. Ludmilla küsste mich. Und ich taumelte durch die letzten Tage meines Urlaubs auf den Monat zu, den die Tschechen Blätterfall nennen.

Nie habe ich erfahren, ob Ludmilla durch eine Partneragentur an den Fischteich gekommen ist. Ich habe Ludmilla nicht mehr gesehen. Meine Fischblase würde ich ins Feuer schmeißen, hoffen, dass sie knallt, und mich zurückwünschen in den tschechischen Monat des Weins und die dazwischenliegenden Jahre zusammenknüllen und sie ebenfalls ins Feuer werfen. Alles würde ich anders machen. Behalte das Haus, würde ich zu der Meinigen sagen, schau wo du bleibst, aber pass mir auf die Kinder auf. Die Kinder hatte sie längst auf ihre Seite gebracht, sie gegen mich aufgehetzt, nur wegen der Kinder bin ich so lange geblieben, und weil die Meinige anders ist als Ludmilla und nur Flausen hat im Kopf und wahrscheinlich alleine nicht durchkommen wird und früher oder später bei uns stranden wird wie Kostič. Ich habe von der Familie seit einigen Monaten nichts mehr gehört. Alles würde ich der Meinigen von Ludmilla erzählen, damit sie weiß, woran sie ist. Wegen des Karpfens ist sie damals nicht mehr mit mir an den Fischteich gefahren. Ich weiß nicht, was mich davon abgehalten hat, so viele Jahre nicht hierher zurückzukehren.

Vieles hat sich verändert, aber die Bilder der Vergangenheit sind stärker, und nur in Bruchstücken drängt sich die Gegenwart in die Wahrnehmung. Die Fischereigenossenschaft ist längst eine Aktiengesellschaft, das Storchennest am Schornstein der Fabrik verwaist, die besseren Hotels am Hauptplatz der kleinen Stadt sind renoviert, in der Schank der Brauerei spielt laute Computermusik, und im privaten Fischrestaurant würzen sie die Fische mit einem Fertigfischgewürz und halten es für Fortschritt, dass Wels und Karpfen, Aal und Hecht nach Glutamatpulver schmecken. Nur die Betonplatten auf den Fahrradwegen sind geblieben. Rechteckige Betonplatten, kreuz und quer durch Wälder, Moore und Wiesen gelegt, die Fugen geteert, befahrbar für schweres Gerät, um zu ernten und zu holen, was für den Betonplattenkommunismus notwendig war. Holz und Braunkohle, Fische und Heu. Die Arbeitsabläufe sind dieselben geblieben, aber eine andere treibende Kraft steckt jetzt dahinter.

Sie haben mir den Urlaub aufgezwungen. Ich bin ihr Bester. Ich bin ihr Bester, weil ich die letzten Jahre durchgearbeitet habe, damit mir keiner mehr durch die Lappen geht. Jetzt haben sich Urlaubstage angesammelt, und schon wieder hatten wir ein Problem. Entweder du gehst, oder die Tage verfallen. Es ist schwer, es ihnen recht zu machen.

Die vierte Woche radle ich jetzt über die Betonplatten, Kilometer für Kilometer vorbei an frisch gestrichenen Pferdekoppeln, verrosteten Traktoren, an Fischteichen, in denen sich die weißen Wolken spiegeln, und an Fischteichen, über die eine grüne Decke aus Wasserlinsen gezogen ist, vorbei an exakt ausgerichteten Fichtenstämmen, abgekämmte Heidelbeersträucher dazwischen und hier und da noch ein Pilz, aber ich steige nicht ab. An Wegkreuzungen treffe ich andere Radfahrer. Sie haben Karten dabei, fragen nach der Richtung und teilen Kilometerstände mit, die Grenze ist nicht weit, und viele sind auf der länderübergreifenden Weitwanderstrecke. Ich aber ziehe meine Kreise um die kleine alte Stadt, auf der Suche nach zufriedenen Gesichtern, auf der Suche nach dem Gesicht von Ludmilla.

Die Gesichter sind mir abhanden gekommen. Genauer gesagt, das, was sie einzigartig macht. Die Lachfalten, die Sorgenfalten, das Grübchen am

Kinn, der weiche Zug um den Mund, die fröhlichen Augenwinkel. Ich sehe Kerben in der Landschaft und Falten in der Zeit, aber nicht mehr in den Gesichtern. Begonnen hat es mit Kostič. Seine Gestalt ist hager. Sein Haar dunkel. Die Augen? Die Nase? Der Mund? Ich weiß es nicht. Kostič, noch immer kein Job? Noch immer kein Erfolg? Wo haben wir uns vorgestellt die letzten vierzehn Tage? Kostič hat geseufzt. Das war der entscheidende Moment. Wenn ich ihm jetzt zuhöre, schoss es mir durch den Kopf, dann hat er mich. Wenn ich ihm jetzt ins Gesicht sehe, ist es vorbei, und es bewegt sich nichts. Es geht nicht um Kostič persönlich, es geht um die Zahl, die er darstellt in unserer Statistik, und viele einzelne Zahlen machen eine große Masse aus. Um die Masse geht es, und nicht um Kostič. Kostič saß vor mir auf dem Sessel. Sein Gesicht glättete sich, eine ovale Kontur hinter dem Bildschirm meines Computers, eine ovale Kontur vor dem Regal mit den Akten. Kostič öffnete seinen Mund, ich aber hörte nur meine innere Stimme: Die Auflagen verdoppeln. Druck machen. Zu mir kommen viele Menschen. Meist sind es zwanzig am Tag, oft dreißig. Erfolgreich bin ich, wenn sie eines Tages nicht mehr zu mir kommen und nichts mehr wollen von uns. Meine Leute sitzen vor mir auf dem Sessel. Ich weiß, sie alle sind Fischblasenmenschen, sie werden versuchen, dem Druck auszuweichen oder ihn auszugleichen mit ihrem geheimen Organ, und dann entgleiten sie mir. Alle erzählen mir ihre Geschichte. Aber sie erreichen nichts damit. Sie erreichen mich nicht. Sie sitzen vor mir mit leeren Gesichtern und blanken Augen, die Worte steigen auf aus ihren Mündern wie die Luftblasen der Karpfen im Aquarium und zerplatzen an der Oberfläche. Ich sehe ihnen zu, sehe die Zahl, für die sie stehen, und gehorche meiner inneren Stimme. So gesehen, habe ich es Kostič zu verdanken, dass ich der Beste geworden bin. Der beste Vermittler des Hauses. Ich wurde geehrt, ausgezeichnet, als Vorbild hingestellt und an andere Schalter versetzt, wenn dort die Zahlen nicht stimmten.

Kostič ist abgetaucht und wieder aufgetaucht. Er hat sich beschwert über mich. Sie haben ihm Recht gegeben. Jetzt ist ein anderer Vermittler zuständig für ihn. Dem seufzt er die Ohren voll und kassiert Geld dafür. Kostič folgten andere. Auch sie haben sich beschwert. Plötzlich wurden meine angesammelten Urlaubstage zum Problem. Könnte ich nahtlos anschließen an den Monat des Weins, würde ich sagen, vergesst mich doch alle. Ich fange neu an. Aber es gibt keinen Anschluss und keinen zweiten Frühling. Ich finde nicht heraus aus der Zeit des Blätterfalls.

Auf dem Campingplatz, der inzwischen auch privatisiert ist, wissen sie nichts mehr von Ludmilla. Jetzt sind nur mehr wenige Gäste da. Die meisten sind Radfahrer, die für ein, zwei Nächte Station machen auf ihrer Weitwanderstrecke mit kleinen Zelten und dünnen Schlafsäcken und die Zeit bis zum Schlafen im Fernsehraum des Restaurants totschlagen. Jeden Freitag gibt es einen Countryabend. Zum Banjo werden Lieder in tschechischer Sprache gesungen. Ich bleibe ungestört. Mein Zelt steht ganz am Ufer des Teichs. Am Abend legt sich Nebeldunst auf das Wasser, die Bauminsel in der Mitte verschmilzt mit dem gegenüberliegenden Ufer und glüht mit geliehenen Augen wie ein auftauchendes Ungeheuer zu mir herüber. Nachts höre ich die Bisamratten im Schilf und hin und wieder das Aufklatschen eines unruhig springenden Fisches. Zum Frühstück esse ich einen Teller Drštková und trinke das Bier der Rosenberger dazu, und dann mache ich mich auf den Weg.

Seit einigen Tagen steht ein Wohnwagen mit dem Kennzeichen unserer Stadt auf dem Campingplatz. Er ist etwas abseits abgestellt, ganz am Zaun zur Straße. Ich beobachte die Vorgänge. Tagsüber sind sie ausgeflogen. Nachts höre ich das helle Lachen einer Frau und das Gemurmel eines Mannes. Die karierten Vorhänge bleiben zugezogen. Sie essen auswärts oder kochen im Wagen. In der Morgendämmerung hat sich eine hagere Gestalt vom Wohnwagen zum Toilettentrakt gestohlen. Ich bin ihr nachgeschlichen, konnte aber nur Konturen erkennen. Kann sein, dass ich den Schlupfwinkel von Kostič endlich entdeckt habe. Er hat seinen Auslandsaufenthalt sicher nicht gemeldet. Das bringt einige Wochen Bezugssperre. Die Grenzen sind durchlässig geworden. Wahrscheinlich arbeitet er schwarz hier. Das bedeutet eine saftige Finanzstrafe und Rückzahlung sämtlicher Bezüge. Ich werde der Sache auf den Grund gehen. Sobald Licht im Wohnwagen ist, werde ich Kostič stellen.

Gestern hat es mich in die alte Stadt gezogen. Die Schwalben haben die Nester in den Arkaden der Březanova-Straße längst verlassen, geblieben ist der Dreck auf frisch getünchten Mauern. Lange stand ich vor dem granitenen Brunnen am Hauptplatz. Pausbäckige Engel schielten höhnisch auf mich und die nervös kreisenden Goldfische im Wasser. Wieder versuchte ich, Ludmillas Spur aufzunehmen. Unsere letzte gemeinsame Nacht hatten wir in ihrem Zimmer in einem verwinkelten Haus in der Nähe des Schweinitzer Tores verbracht. Ich fand das Haus. Geblieben war eine Fassade, davor das Gerüst, dahinter die Baugrube. Vom Schlosspark her schleppte ein Pfau unbeirrbar von mir und meinen Lockrufen seine Schwanzfedern über das Katzenkopfpflaster in den stillen Hof der Brauerei. Über die bunt gefärbelte Rožmberska-Straße kehrte ich zum Hauptplatz zurück, zahlte einer jungen Frau ein paar Münzen und stieg über eine steinerne Wendeltreppe und steile Holzstufen hinauf in den Uhrturm des alten Rathauses. Unter mir drängten sich die Bürgerhäuser mit ihren roten Ziegeldächern und Renaissancegiebeln, davor der Brunnen und die Mariensäule. Helle Linien teilten das Steinpflaster des Platzes in Quadrate, Rechtecke und Trapeze. Blumentröge, Fahrradständer und Sitzbänke gehorchten diesem Aufmarschplan. Ein gelber Kreis zeichnete sich deutlich von seiner granitfarbenen zerstückelten Umgebung ab. In diesem Kreis stand eine Frau. Sie stützte sich an einem Hydranten ab, blickte zu mir herauf und winkte. Sie trug einen schwarzen Gummimantel, schenkelhohe Stiefel und himbeerfarbene Handschuhe. Ich stellte das Objektiv scharf auf sie und wollte gerade abdrücken, da erkannte ich sie. Ich erkannte sie an ihrem blond gefärbten Haar und den vollen Wangen. Ich schrie. Ludmilla stand dort unten. Ruhig lächelnd stand sie da und gab mir Zeichen mit den himbeerroten Händen. Ludmilla, warte auf mich, schrie ich. Menschen kamen aus den Arkadengängen, blieben stehen und schauten zu mir herauf, nur Ludmilla blieb allein in ihrem sandfarbenen Kreis. Ich flog die Stufen hinunter,

Ludmilla, brüllte ich gegen die dicken Mauern des Turms, Ludmilla, Ludmilla, warte auf mich, schrie ich, wie ich noch nie in meinem Leben geschrien hatte. Endlich war ich draußen. Atemlos und mit rauer Kehle blickte ich in staunende und fragende Gesichter. Ich stieß die Schauer zur Seite und stürzte zum gelben Kreis. Er war leer. Ludmilla hatte nicht auf mich gewartet. Die Leute gingen auseinander, kopfschüttelnd und belustigt sahen sie mich an, bevor sie wieder unter den Arkadenbögen verschwanden, ihre Stimmen schwirrten noch einen Moment über den Platz, und zum ersten Mal vernahm ich den hämisch klingenden Oberton dieser singenden Sprache, der auch noch blieb, als ich ruhiger atmete, und wieder anschwoll, als eine hagere Gestalt durch das Neustädter Tor davoneilte. Die Fenster des Wohnwagens sind heute nacht dunkel geblieben.

Die Stimmen irritieren mich. Ihr Klang wird lauter, unruhiger und schärfer. Sie bleiben sanft. Aber sie fordern. Sie befehlen. Sie reden nicht in meiner Sprache. Sie reden auch nicht in der Sprache der Fischer. Es ist eine fremde Sprache. Den Fotoapparat lasse ich sinken, um besser zu hören. Es gibt nur den Teich mit dem leuchtenden Saum und den Himmel darüber, der hoch ist und strahlend. Es ist schwierig, die Stimmen zu orten. Da spüre ich die wunde Stelle in mir, sofort lässt sie mich in die Knie gehen, und plötzlich verstehe ich. Eine Radfahrerin bleibt stehen. Sie nimmt ihren Helm ab und beugt sich über mich. Am blond gefärbten Haar erkenne ich sie und an den vollen Wangen. Es ist Ludmilla. Endlich, sage ich zu ihr, da taucht neben ihr ein zweites Gesicht auf. Kostič. Ich wusste, dass ich dich finde, sage ich. Meine Worte sehe ich aufsteigen wie Sauerstoffblasen im Wasser und an der Oberfläche zerplatzen. Über mir zwei leere Gesichter mit blanken Augen. Rundum schallendes Gelächter. Es kommt aus den überschwappenden Bottichen. Aus den brodelnden Tümpeln. Aus dem kochenden Teich.

Bärenbauch

Das Sterben war über sie gekommen wie das Wasserglas über das Zeichenblatt. Es war nicht mehr abzufangen. Farben vermischten sich, Konturen lösten sich auf, dehnten sich über den Rand des Papiers. Das Kind tauchte den Pinsel in kräftige, fröhliche Farben, weil die Wände durchlässig geworden waren für lautlose Schatten. Den Erwachsenen wollte es Orange und Zinnoberrot schuldig sein, weil sie es vor den Schatten bewahren wollten. Man wechselte das Thema, wenn das Kind das Zimmer betrat. Aber die Augen blieben bei der Sache. Das Kind sah, dass in den Augen der Mutter jemand keinen Halt mehr fand.

Eine ungeschickte Bewegung. Flecken formierten sich mit violetten Rändern. Ein böser Sturz. Das nasse Papier nahm neue Formen an, bäumte sich auf, verzerrte die Pinselstriche ins Unkenntliche. Bei alten Frauen bestand die Gefahr. Das Kind stellte das Wasserglas wieder auf. Es war leer. Man musste mit allem rechnen.

Sie ließen Kinder nicht auf die Intensivstation. Die Eltern hatten nicht daran gedacht. Eine Schwester gab dem Kind Zeichenstifte und Papier. Das Kind hätte lieber mit Wasserfarben gemalt. Die

Eltern verschwanden in seltsamen Mänteln. Es war mühsam, einen blühenden Baum mit angespitzten Farbstiften in rot, grün, blau und gelb zu zeichnen. Das Kind war kein Kindergartenkind mehr. Das Kind zeichnete einen Kirschbaum mit Früchten. Lieber wäre der Stamm in einer weißen Blütenwolke verschwunden. Die Schwester trug die Zeichnung fort. Es sieht nicht gut aus, sagten die Ärzte. Ihr altes Herz ist schwach. Eine schwierige Operation. Hüftprothese. Sie hat uns nicht erkannt, flüsterte die Mutter daheim ins Telefon. Sie bekommt starke Medikamente gegen den Schmerz. – Natürlich weiß sie, dass der Kirschbaum von dir ist, wer sonst malt so schöne Kirschen.

Das Kind dachte oft an die Wohnung der alten Frau. Das Erwachen in dem schaukelnden Ehebett war verknüpft mit dem Geruch frischer Biskuitroulade, die den Geräuschen nach gerade mit dem Backblech aus dem Rohr gezogen wurde, während das geöffnete Fenster Morgenluft und den Ruf der Ringeltaube ins Zimmer ließ. Das Kind schlief gerne bei der alten Frau, obwohl diese in der Nacht laut schnarchte und oft aufstand. Die alte Frau hatte einen Garten. Rote und schwarze Ribisel, Himbeeren, Kirschen, ein Rhabarberschopf neben dem Komposthaufen. Die alte Frau wollte nicht Urgroßmutter genannt werden. *Oma,* sagte das Kind.

Butzi, sagte die Frau. Viele Wochenenden verbrachten sie gemeinsam in diesem Garten. Mit Glühwürmchen im Juni, Gelsen im August und Strickjacken im September. Im Altersheim war kein Übernachten mehr möglich. Bei Besuchen gab es Mehlspeisen aus dem Cellophan oder den Nachtisch der alten Frau vom Mittagessen.

Wasser, Wasser, warum gibt mir keiner Wasser?, stöhnte sie. Ein Liter Flüssigkeit pro Tag ist das höchste, sagten die Ärzte. Das Herz ist schwach. Es war heiß im Krankenzimmer. Früher hatte die Großmutter in Wellen gelegte lila schimmernde Haare. Jetzt standen ihr weiße Büschel wie nach fernen Signalen forschende Antennen vom Kopf ab. Die Zähne hatte man der Frau weggenommen. Über den Besuch des Kindes und die mitgebrachten Zeichnungen freute sich die Frau. Seine Mutter erkannte sie nicht. Bitte geben Sie mir Wasser, sagte sie zu ihr, oder ein Cola oder Tee. Die Mutter legte ihr ein feuchtes Tuch auf die Stirn. Sie wird nicht mehr gehen können, sagte die Ärztin auf dem Gang, aber sie weiß es nicht. Das Kind wollte die Hand der alten Frau halten. Fremde Finger zitterten über die Bettdecke.

Das Kind faltete Papier. Vier Quadrate aus einem Quadrat, die Ecken umgebogen, die Kanten gefalzt. Glatt gestrichen, noch einmal gefaltet, auf das Zentrum zugebogen, umgedreht. Das flache Stück Papier wuchs zu einer Pyramide heran, die sich von der Spitze her in zwei Richtungen öffnen ließ. Das Kind holte Farbstifte. Die Pyramide verwandelte sich in ein Ungeheuer mit rotem Schlund. Das Ungeheuer würde den Durst vertreiben und die Krankheit verjagen. Das Ungeheuer fraß die Angst.

Im Unfallspital konnte man für die Großmutter nichts mehr tun. Die Operation war überstanden, die Narbe verheilte zufrieden stellend. Für das schwache Herz und die Gebrechen des alten Körpers war dort niemand zuständig. Die alte Frau wurde in ein anderes Spital verlegt. Auch dort war es heiß im Krankenzimmer, auch dort wurde der Durst der Großmutter nicht gestillt. Die übrigen Frauen im Zimmer waren ungehalten, wenn die Großmutter nach Wasser schrie. Das Kind hatte Ferien, und die Eltern wollten ans Meer. Mit dem Schlimmsten war zu rechnen, aber wann es eintreten würde, mochte niemand vorherzusagen. Die Großmutter schenkte ihrer Umgebung immer weniger Beachtung. Sie wanderte durch die Zeit. Meistens hielt sie sich in der Kindheit auf, dann unter dem Kirschbaum, dann im Krieg. Manchmal tauchte sie auf in die Gegenwart des Krankenzimmers, wirkte erschrocken über Infusionsschläuche und Katheter und beschloss heimzugehen. Aber sie konnte sich nicht einmal aufrichten ohne fremde Hilfe.

Das Kind sollte vor dem neuen Schuljahr noch ein paar unbeschwerte Tage haben. Man fuhr ans Meer, abrufbereit. Das Kind übte den Kopfsprung und stieß sich von scharfkantigen Felsen ab ins glatte Wasser, bis es atemlos war und müde. Das Kind lauschte dem Aufspringen der Kiefernzapfen und dem Strophengesang der Zikaden. Beim Kochen halfen sie zusammen. Das Kind schnitt Tomaten und ließ den Blasebalg fauchen und Funken sprühen für eine singende Glut. Das Kind fand die schwarzen Flecken im Sonnenball. Das Kind las in der Silberspur des Mondes auf dem Wasser. Das Kind lag unter freiem Himmel und erwartete die Sternschnuppen, bis die Augen brannten. Halt durch, flüsterte es in die Nacht, ich bin bald wieder bei dir. Die Großmutter nickte ernst.

Wie viele Gesichter hat ein Mensch? Aus dem vertrauten Gesicht der Großmutter hatten sich Nase und Kinn spitz zu einem neuen Gesicht emporgearbeitet, die Haut spannte über den Schädel und gab den Verlauf der Schläfenadern preis. Krämpfe hatten sich in den Körper der alten Frau eingeschlichen und ließen sie nicht mehr zur Ruhe kommen. Weißt du, wer ich bin?, fragte das Kind. *Butzi,* keuchte die Frau mit starren Augen und konnte das Schütteln nicht vertreiben. Der Antennenkopf mit dem Nasenschnabel, die Vogelfinger, die Storchenbeine in den Socken, alle gehorchten sie über und unter der Bettdecke diesem fremden Rhythmus, der auf den Abflug einzustimmen schien. Das Kind legte der Großmutter die Hand auf den Bauch. Warm fühlte er sich an und unverändert weich. Noch immer trug er den Atem der Welt in sich, dieser Bärenbauch, der in Kleiderschürze und Nachthemd zuverlässig beschützt hatte vor Gespenstern, Kälte und Verlorenheit. Inmitten des zuckenden Chaos blieb er eine ruhende Mitte.

Das Kind schrieb Zaubersprüche auf kleine Zettel. Knochen wurden heil. Krämpfe verebbten. Katheter und Schläuche rollten sich ein wie müde Katzen. Die alte Frau stand auf und ging heim. Für die Blüten des Kirschbaumes verbrauchte das Kind eine Tube Deckweiß. Sah man lange genug in den Baum, hörte man die Bienen summen.

Um den Krämpfen auf den Grund zu gehen, ordnete ein Neurologe die Punktion des Rückenmarks an. Es wurden Beruhigungsmittel verabreicht, aber der Schrei der alten Frau war durch die Türen bis auf den Gang heraus zu hören. Die Ursache der Krämpfe fand man hinter diesen Türen nicht. Wimmernd und zuckend blieb die Großmutter gefangen in einem ungebetenen Schlaf.

Es stand schlecht um sie. Die Ärzte erlaubten den Angehörigen, über Nacht zu bleiben. Die Töchter der alten Frau wechselten sich ab. Am Nachmittag war die Mutter im Spital. Das Kind wurde auf sich gestellt. Alleine zum Ballettunterricht und wieder nach Hause, hieß der Auftrag. Ausnahmsweise. Alt genug bist du schon. *Taubenmarkt* hatte man dem Kind eingeschärft und *Biegung*. Linie 3 und Linie 38. Es regnete in Strömen. Die Straßenbahn war voll. Das Kind versuchte, nicht im Weg zu sein und Halt zu finden. Das Tropfenglas der Fensterscheibe veränderte die Sicht. Autos schoben sich im Schritttempo über die Brücke. Jeder Wagen rollte in einer leuchtenden Wasserblase durch den Regen. Die Scheinwerfer der Brücken stemmten sich gegen die herabfallenden Wasser. Auf der Donau zerfiel das Licht zu fahlem Dunst. Willst du nicht Platz machen? Erschrocken war das Kind. Es hatte vergessen, Sitzplätze anderen zu überlassen. Eingekeilt zwischen schwarzen Rücken verlor es die Übersicht. Ich muss aussteigen, sagte das Kind. Es erreichte den Ausgang nicht.

Die Bäume loderten noch einmal auf. Das Kind sammelte Pilze mit roter Milch im Wald und schwarze Beeren. Es lief über Streuobstwiesen und klaubte Äpfel aus dem kalten Gras. Die Äpfel schmeckten wild und sauer. In vielen war ein Wurm. Der Tod erreichte sie auf freier Fahrt. Ein Anruf auf der Autobahn. Jetzt hat sie ausgelitten. Sie kam noch einmal zu Bewusstsein. Und weinte eine Träne. Dann war es aus. Im Fond des Wagens saß das Kind und hielt sich die Ohren zu.

Verloren stand das Kind zwischen den Erwachsenen. Trauergäste schüttelten die Hand oder strichen übers Haar. Der Sarg kam zum Lieblingslied der alten Frau. Ein Gesteck mit leuchtenden Sonnenblumen lag auf dem Deckel. Das Kind entzifferte seinen Namen auf der schwarzen Schleife. Jemand erzählte von Fabrik und schwerem Leben, von Unterdrückung und Unbeirrbarkeit. Konturen lösten sich auf, Farben vermischten sich, der Sarg begann zu schwimmen. Mit seinem Sonnenblumenlicht steuerte er durch die Tränenschleier und verschwand wieder. Über ihm schloss sich eine Schiebetür mit bösem Laut.

Drei Tage blieben, um das Zimmer der alten Frau zu räumen. Heimplätze waren begehrt. Die Töchter hatten zu tun. Wer braucht Schuhe, Wäsche,

Hüte und Westen einer alten Frau, wer Reproduktionen vom Traunsee, Zierkrüge und Stoffblumen. Die Schachtel mit den Fotos wurde nicht entsorgt. Auf einem Bild mit vergilbtem Rand stand die Großmutter als Kind barfuß in einer Gartentür. Skeptisch und ungeduldig schaute sie herüber, als sei sie aus dem Spiel gerissen worden. Schwarzweiß war das Foto und gestochen scharf. Die Zehen der Großmutter bohrten sich in lockere Erde.

Das Kind malte eine Brücke. In schwarzen Doppelbögen führte sie über den nachtblauen Fluss. Die Brücke fand auf dem grünen Ufer keinen Halt. Sie ragte in die Luft. Mit schwarzer Farbe rammte das Kind einen zusätzlichen Pfeiler in das Bild. Die Brücke trieb mit dem Fluss davon. Das Kind tauchte den Pinsel ins Wasser. Mit breiten, nassen Strichen fuhr es über das Blatt, bis von Ufer, Fluss und Brücke nur mehr Wellen übrig geblieben waren. Eine dunkle Flut riss alles mit, schwappte über den Rand des Zeichenblattes und verlor sich auf der Holzmaserung des Tisches. Das nasse Papier krümmte sich unter den gelben und roten Farbtropfen, die ihm das Kind entgegenschleuderte. Blütenstaub und rote Kirschen trieben fort, lösten sich auf, wurden eins, wirbelten weiter zu einem Foto von schwarzen Zehen auf warmer Erde. Das Kind beschloss, eine neue Brücke zu malen.

Unterhillinglah

Sie war keine gute Büglerin. Sie war nie eine gute Büglerin gewesen. Das Eisen gehorchte nicht. Es keuchte ihr Wasserdampf mit falschem Lavendelaroma ins Gesicht und richtete gegen die Knitterfalten nichts aus. Das Bügeln war die Strafe. Wer sich vom Teufel hatte reiten lassen, wurde mit heißem Eisen traktiert, bis Empfindung und Lebenslust gewichen waren. Eine alte Geschichte.

Sie war nicht alleine. In allen umliegenden Häusern röchelten und fauchten Bügeleisen, in Räumen, die sie Arbeitszimmer nannten. Diese Räume waren im Keller, auf dem noch nicht ausgebauten Dachboden, im vorsorglich eingeplanten zweiten Kinderzimmer oder im Gästezimmer für alle Fälle, das bald zur Abstellkammer wurde oder zum Arbeitszimmer oder beides. Hier ließ man sie wirtschaften. Hier waren sie unbeobachtet. Die Daheimgebliebenen hatten ihr Rückzugsgebiet gut getarnt. Bügelbrett und Wäschekorb. Radio und Fernseher. Steppboard, Gymnastikband, Hometrainer und Hanteln. Da und dort auch ein Schreibtisch, um mit dem Haushaltsgeld zu jonglieren und um das Horoskop zu erstellen. Die Zukunft bot wenig Alternativen. Rechtzeitig den Absprung schaffen oder überflüssig werden.

Vom Fenster ihres Arbeitszimmers sah sie nach Westen. Der Blick führte von der Terrasse des Nachbarhauses über zwei Kukuruzfelder, zur nächsten Reihenhaussiedlung und zu einem kleinen Flecken Laubwald dahinter. Dazwischen schlängelte sich der Bach neben dem Gleis der Bahn bis zum Horizont. Mit der Bahn kam sie nicht weit. Eine Lokalbahn, einspurig, mit einem Zugbegleiter, der es sich zur Aufgabe gemacht hatte, jeden seiner Fahrgäste im Auge zu behalten.

Der Teufel hatte keinen Bocksfuß. Er war ein Teufelskerl. Der Teufelskerl hatte Eisen an den Absätzen, um sich auf dem Weg nach oben nicht zu viele Schuhe abzutreten. Aber auch mit hartem Auftritt kam er nicht so schnell voran. Dafür musste es daheim umso schneller gehen. TAK, TAK, TAK. Von der Garage ins Stiegenhaus. TAK, TAK, TAK. Die Stufen herauf. Den Gang entlang. Halli, hallo, ist niemand zu Hause? TAK. TAK. TAK. Hallo Liebling. Halali. Blattschuß.

Mit dem Vollmond auf der Widder/Waage-Achse im Quadrat zu Saturn und Trigon zu Pluto gibt der Mond im Widder den Auftakt für eine sehr dynamische und energiegeladene Woche. Viele Dinge befinden sich im Umschwung. Saturn haftet noch an alten, längst vergangenen Zeiten.

Uranus zeigt sich von seiner ungestümen Seite. Neue, noch unausgegorene Ideen stehen im Mittelpunkt. Jupiter rät, mit den gegebenen Mitteln umsichtig zu agieren.

Das Kind verlangte alle zwei Stunden nach der Brust. Es war ein merkwürdiges Gefühl, wieder ohne Bauch unter dem Mantel unterwegs zu sein. Allzu lange wollte sie nicht fortbleiben. Sie traute der Schwiegermutter nicht und ihrem Hang zur Flaschennahrung. Ein paar Minuten andere Luft schnappen wollte sie. Ein paar Minuten allein sein. Es würde noch Zeit brauchen, bis auch der schwerfällige Watschelgang wieder verschwunden war. Im Kaffeehaus stapfte sie zuerst zum Zeitungstisch. Dann ließ sie sich auf die Polsterbank in der Fensternische fallen. Sie hatte vergessen, sich umzuziehen. Sie saß im Jogginganzug da und mit unfrisiertem Haar. Im Kaffeehaus stank es nach kaltem Rauch und Bodenwachs. Das Zischen der Espressomaschine war aufdringlich, das Zeitungsgeraschel lächerlich. In allen Blättern war dasselbe zu lesen. Sie hatte nichts versäumt und sie versäumte nichts. Zwischen den Beinen fühlte sie sich wund, die Brüste spannten und tropften. Es zog sie heim zu ihrem Kind und seiner Stille.

Auch der zweite Ausgang im neuen Leben endete mit einem Debakel. Sie war mit dem Kinderwagen unterwegs. Das Kind in Baumwolle, Wolle und Schaffell gehüllt, bahnte sie sich ihren Weg. Gehsteigkanten hinunter und hinauf, Schneebrocken ausgewichen, der Bäcker wegen der Stufen unerreichbar. Im Supermarkt blieben sie im Drehkreuz stecken. Sie zerrte den Kinderwagen vor und zurück, verkeilte ihn dadurch noch mehr mit den Chromstangen. Das Kind wurde wach und schrie. Jemand holte den Filialleiter. Sie zerrte am Kinderwagen. Der Filialleiter zog und schob am Drehkreuz. Das Kind brüllte. Auf schnellstem Weg lief sie nach Hause. Sie hatte die Nerven verloren und die Übersicht. Du hast Recht. Ich bleibe daheim.

Ein Haus auf dem Lande ist heutzutage schnell hingestellt. Der Weichselbaum trägt nach kurzer Zeit. Die Forsythien verlangen nach Zuschnitt. Der Salbei ist frostresistent, aber der Lavendel nicht. Das Immergrün ist ein idealer Bodendecker. Die Rosen blühen von April bis Oktober. Den Rasen plagen Wühlmäuse. Kinder werden heutzutage schnell selbstständig. Sie tun sich leicht mit dem Loslassen. Sie tun sich leicht mit dem Weggehen. Ihr Gewinn an neuen Erfahrungen ist in jedem Fall höher als der – stundenweise – Verlust der Mutter.

Mistelzweige über der Haustür und später der Osterstrauch mit ausgeblasenen Eiern, ein buntes Gesteck im Sommer, der Kürbis im Herbst und dann der Adventkranz.

Mit dem abnehmenden Mond im Tierkreiszeichen der Fische gestalten sich die kommenden Tage turbulent. Mars betritt den Wassermann, Venus steigt in das Feuerzeichen Widder. Freiheitsstrebende Elemente stoßen an die Grenzen von Saturn, den Planeten des konservativen Denkens und der Moral.

Die Rigipswand in ihrem Arbeitszimmer war nicht verputzt. Sie hatte gedacht, in einem Provisorium würde sie sich weniger lang festhalten lassen. Das Gegenteil war der Fall. In den meisten Gefängnissen gab es nackte Glühbirnen und kahle Wände. Es zog sie hinauf in dieses Gefängnis, zum Bügelbrett und dem Wäscheberg und dem Fenster mit dem Blick auf die Bahn. Der rote Triebwagen kannte keine Verspätung. Er fuhr und kam wieder, er fuhr und kam. Loslassen, zulassen. Loslassen, zulassen, das war es, was Daheimgebliebene zu lernen hatten. Wieder saß sie im Zug, fuhr heim und ließ zu. Ihr früheres Leben. Loslassen. Sie war eine geschätzte Mitarbeiterin gewesen. Sie war verantwortlich für die Durchführung von Projekten.

Sie hatte Kostenvoranschläge eingeholt. Kalkuliert. Budgets erstellt. Geplant. Entwürfe geschrieben, Analysen und Berichte. Mitarbeitergespräche geführt. Mit Blumensträußen, Beteuerungen, Lob und Babywäsche hatte man sie verabschiedet in den Mutterschutz. Das bleibt dein Schreibtisch, den PC bekommst du wieder und hier noch eine Rose für die erstklassige Einschulung der Vertretung. Doch längst hatte man Ersatz für sie gefunden und war erstaunt. Wir dachten nicht, dass du wiederkommst. Die Auftragslage. Du verstehst. Dein Anspruch auf Behaltefrist. Mehr ist nicht drin. Und die neuen Programme und die neuen Geräte. Es verändert sich viel. Versteh uns nicht falsch. Aber dich brauchen die Deinen.

Wie Ebbe und Flut kamen und gingen die Tage vor dem Fenster. Der Teufelskerl kam weniger oft und ließ sie in Ruhe. Manchmal blieb er aus über Nacht, und sie lag wach und wartete und versuchte, im Knacken der Wände Botschaften zu entschlüsseln. Von welchen Geheimnissen erzählt ein Fertigteilhaus? Zum Muttertag kam die Küchenmaschine. Zum Geburtstag der Dampfreiniger. Ein Notebook hatte sich noch nicht eingestellt. Der hauseigene PC aber ließ sich mitbenützen.

Der Halbmond im Feuerzeichen Schütze zeigt eine insgesamt spannungsgeladene Konstellation.

Venus steht im Steinbock, sie bildet ein Quincunx zu Saturn, und dieser befindet sich in Opposition zu Mars und Pluto. Auf der Kommunikationsachse stagniert der Energiefluss. Ungünstig für geschäftliche Unternehmungen. Verhandlungen und Gespräche verlaufen ohne Ergebnis. Wichtige Punkte werden nicht angesprochen.

Das Leben hatte sie ausgespuckt. Sie wurde angespült an diesem einsamen Ort an der Lokalbahn. In dieser neuen Siedlung der daheimgebliebenen Frauen mit fettem Bauernland ringsum. Unterhillinglah. Ein Ort, der ihr von Tag zu Tag fremder wurde. Mit ihm entfernte sie sich aus der Wirklichkeit und aus der Zeit. Beinah schon keltisch mutete er sie an und war vielleicht deshalb Ersatz für wildes Meer und grüne Hügel. Was willst du am Atlantik? – Den Meeresrand sehen, mit der Ebbe ziehen, um mit der Flut zu kommen. – Wir wollen schwimmen und in der Sonne liegen. Wir fahren an die Adria. Sand oder Fels, das überlass ich dir.

Gerne hätte sie dem Kind erzählt, dass es auch eine andere Welt gab, außerhalb der blauen Stangen und der weißen Schnüre des Hotelstrands. Dass es viele Welten gab da draußen und viele Leben und dass die Mutter auch eins führen wollte. Ein eigenes. Sie schob es auf. Später wird das Kind mehr verstehen und besser, dachte sie. Die Füße gruben sie ihr ein im warmen Muschelsand. Den kleinen roten Kübel setzten sie ihr auf den Kopf. Und jetzt ein Foto. Der Teufelskerl kam wieder täglich. Er wollte mehr. Mehr von ihr und noch ein Kind. Das ist sein Leben, dachte sie. Das kann nicht alles sein. Der Teufelskerl war zärtlich und sehr nett. Sie schob es auf, ihn abzuwehren.

Mit dem Neumond im Luftzeichen der Zwillinge beginnt neue Hoffnung aufzukeimen. Jupiter und Neptun wirken spirituell. Liebesbeziehungen finden die richtigen Worte. Es gilt Wirklichkeit und Idealvorstellung auseinander zu halten. Man könnte sich auf unrealistische Vorhaben einlassen.

Warum war nur die Strömung heute so stark? Das Bügeleisen fuhr Knopfleisten entlang und Einnäher, umkreiste den Ärmelansatz, stieß zum Kragen vor und hinterließ gerade dort scharfe Kanten, wo alles glatt und faltenlos sein sollte. Sie ließ ab vom Hemd und schaute aus dem Fenster. Vom Westen kam der Ozean zu ihr. Der Bach vor ihrem Fenster war über die Ufer getreten und hatte die Gleise der Lokalbahn überschwemmt, die Reihenhaussiedlung, die Kukuruzfelder und die Terrasse des Nachbarhauses. Mit fauchendem Bug kämpfte sie sich durch zähe, feuchte Tage. Es gelang ihr nicht mehr, aus dem Wellental herauszukommen. Sie kam auf halbe Höhe des Wellenberges, ein kurzer Blick auf Wellenkämme und auf Gischt, dann ging es wieder in die Tiefe. Sie hatte nichts anderes zu erwarten als den Wechsel der Gezeiten. Ebbe, Flut. Vollmond, Neumond. Die Strandwächter würde sie winken lassen und rufen, den Flaggensignalen würde sie keine Beachtung mehr schenken. Sie würde weit hinaus gehen ins Wasser und warten. Mit dem letzten Neumond war die Flut gekommen. Jetzt würde sie sich der Strömung überlassen. Um sicher zu gehen.

Acqua Alta

Der Pfeil der Hochdruckströmung über Nordafrika zielte auf uns, und auf unserer Seite hielten noch immer die Pfeile der kalten Fallwinde dagegen. Eine viel versprechende Wetterlage. Wir könnten uns nasse Füße holen. Aber darum ging es nicht. Die Frage war: Wollen wir das? Sollen wir das? Können wir das vertreten? – Vor uns? – Vor den anderen? Andererseits ...

Die Wolf schlug vor, abzustimmen. Der Wolf hielt die Idee für gut, weil sie aber nicht von ihm war, musste er sie zurechtrücken. Die Abstimmung muss demokratisch sein. Nur eine geheime Abstimmung ist demokratisch. Jeder hat Gründe für seine Entscheidung, und die sollen später nicht zum Vorwurf werden. Wir stimmten ab. Geheim. Drei gleich große, gleichfarbige Zettel, wir nahmen die gelben Zettel mit der Klebekante, mit denen die Wolf sonst ihre Gedanken zum Tag auf den Kühlschrank heftete, und Bleistifte, die die Wolfs für solche Fälle in einem Lederetui mit verschiedenen anderen Schreib-, Zeichen- und Spielsachen in einem alten Handarbeitskoffer, ihrem *Kreativkoffer*, aufbewahrten. JA ist Strich, NEIN ist Kreuz, die hölzerne Obstschale ist die Urne, das Ergebnis zählen wir gemeinsam aus. Zwei Striche, ein Kreuz. Das hieß, wir fahren nach Venedig, und mit etwas Glück erleben wir *acqua alta* und bekommen nasse Füße.

Zu zweit wären die Wolfs nach Griechenland geflogen. Ostern auf Kreta, Schwimmen im libyschen Meer und die Schneegipfel der weißen Berge vor Augen, dann noch ein, zwei Tage Athen, weil diese Stadt nur im Frühjahr erträglich ist. Aber jetzt hatten sie mich, und zu dritt wurde der griechische Frühling zu teuer. Es wunderte mich, dass sie Venedig vorschlugen.

Mama beschäftigte sich mit zerstückelten Wirklichkeiten. Ich konnte mir darunter nichts vorstellen. Dann fiel sie im Vorraum gegen den Spiegel. Ich sammelte die Scherben vorsichtig ein. Ich wollte den Spiegel reparieren. Mama hatte gelacht. Wir fügten die Scherben auf dem Tisch aneinander und beugten uns darüber. An die vielen Spiegelsplitterbilder musste ich denken, als ich mit den Wolfs durch Mestre fuhr auf der Suche nach einem Quartier. Ihr Venedig hatte nichts zu tun mit dem von Mama und von mir. Jeder von uns hatte einen anderen Splitter vor Augen.

Sechs Monate lang müssen die Wolfs und ich eine Familie sein. Ein Monat haben wir hinter uns, aber die Wolfs sind der Ansicht, wir müssen das Wir-Gefühl weiterentwickeln. Deshalb die Reise. Damit wir uns kennen lernen. Wir kennen uns. Die Wolfs sind Freunde von uns. Auch nach der Trennung haben sie nicht nur zu Papa, sondern auch zu uns Kontakt gehalten. Papa und Benni sind nach der Trennung aus meinem Gesichtsfeld verschwunden. Ich sagte mir, dass sie jetzt auf der dunklen Seite des Mondes wohnen. Irene und Hans waren der Beweis, dass es einen Weg dorthin gibt. Mir erzählten sie nichts – wegen einer Abmachung mit Mama. Nach einem Telefongespräch mit Irene hat Mama manchmal gestöhnt. Sie luden uns oft ein, obwohl Mama schon andere Pläne gehabt hätte fürs Wochenende. Lang schlafen und nichts tun. Irene und Hans sind ein bisschen anstrengend, sagte sie, aber das bleibt unser Geheimnis.

Mit der anstrengenden Irene und dem anstrengenden Hans musste ich jetzt ein Wir-Gefühl entwickeln. Mama sagte, das sei die beste Lösung. Ich sagte, dir ist nichts besseres eingefallen. Sie will mich nicht mitnehmen. Sie sagte, sie kann mich nicht mitnehmen. Es sei ihre Chance für den Neuanfang. Sie muss annehmen. Viele Chancen werde man ihr nicht mehr geben.

Ich konnte Mama am Telefon abschirmen, wenn sie schlafen wollte. Ich konnte Familiengeheimnisse bewahren. Ich konnte daheim die Flaschen wegräumen, wenn uns jemand besuchen kam. Ich konnte für Mama da sein, wenn sie mich brauchte. Ich konnte mir den Wecker stellen. Ich konnte in der Schule die Beste sein. Ich konnte mir aus schönen Kleidern nichts machen und in unmöglichen Hosen und alten Pullis herumlaufen, als wär's mir so am liebsten, weil es bequem ist. Ich konnte für uns Spaghetti al burro kochen. Aber wenn uns das Geld trotzdem ausgeht, kann ich nichts tun.

Papa ist ausgebrannt.

– Er liegt im Spital, sagte sie.

– Und da musst du auch durchbrennen, schrie ich.

– Versteh doch, sagte sie, Papa wird uns nicht mehr unterstützen. Jetzt liegt es an mir. Ich muss arbeiten. Für dich und mich und für Benni. Ich möchte, dass Benni wieder zu uns kommt. Zuvor aber muss ich euch ein halbes Jahr alleine lassen.

Nur für Benni hatte ich die Wolfs in Kauf genommen. Mit Benni und Papa waren wir eine Vollblutfamilie. Mama und ich waren Halbblut. Mit den Wolfs kam jetzt die Kunstblutvariante.

Die Wolfs bemühten sich. Ich sollte ihnen vertrauen. Deshalb ließen sie mich abstimmen. Ich wollte ihnen die Freude nicht verderben. Warum sagen sie nicht einfach, was zu tun war?

Gefällt dir das Hotel?, fragte mich die Wolf, als sie sich endlich für einen großen weißen Kasten entschieden hatten, nicht zu weit weg von der Autobahn, nicht zu weit weg vom Bahnhof, zentral und deshalb laut, aber einigermaßen günstig. Ein Doppelbett und eine Campingliege, drei Plastiksessel um einen Klapptisch mit Damasttischtuch. Gefällt dir das Zimmer? Wo möchtest du schlafen? Im Doppelbett flüsterten sie miteinander, und ich spürte, wie unbehaglich sie sich fühlten. Ich bin ja nicht ihr Kind. Und ich auf meiner Campingliege atmete ganz flach, weil sonst die Eisenfedern quietschten und ich die Wolfs endlich schlafen hören wollte, damit ich in Ruhe nachdenken konnte. Im Auto hatten sie vergessen, dass ein fremdes Kind im Heck saß. Vierter Gang, fünfter Gang, bellte der Wolf, nachdem die Wolf das Steuer übernommen hatte, überholen, warum überholst du nicht? Fahr doch nicht so schnell, sagte die Wolf, fahr doch vorsichtiger, du fährst viel zu knapp auf. Er übersah eine Abfahrt, sie las die Karte falsch. Sie wollte eine Pause einlegen, er wollte durchfahren, da fiel ihnen wieder ein, dass sie ein Kind im Auto hatten, das sie fragen konnten, was zu tun sei. Ich sagte, am liebsten wäre ich schon in Venedig, aber mir wäre schlecht.

Mit Mama wohne ich in Venedig. Wir machen keine halben Sachen, sagt sie. Heraus aus dem Bahnhof, hinein ins Vaporetto, möglichst weit weg von den Touristenzentren. Das war immer der schwierigste Teil unserer Ankunft, denn wir reisten mit viel Gepäck, und Mama ist wählerisch. Von oben gesehen, sieht Venedig aus wie ein Fisch. Und weil der Fisch am Kopf zu stinken beginnt, gingen wir in Castello oder Dorsoduro auf Zimmersuche.

Auch mit der Vollblutfamilie waren wir in Venedig. Ein Vormittagsausflug im Urlaub. Benni war noch klein und wollte von San Marco eine Taube mitnehmen, Papa fühlte sich nicht wohl, weil es schwül war, nach Kanal roch und alles viel zu teuer war. Ich hätte gerne eine Schwalbe aus durchscheinendem lila Glas gehabt und bekam sie nicht. Mama sagte, mit euch kann man nicht einmal nach Venedig fahren.

Beim Frühstück erkundigten wir uns beim Ober nach dem Wetterbericht. Wir sprachen noch einmal über das Hochwasser. Der Wolf sagte, dass er sich auch daheim über die Hochwasserschauer ärgert. Andererseits ist er bei der letzten Überschwemmung auch zur Donau geradelt und war von der Naturgewalt fasziniert. Und *acqua alta* sei eben ein besonderes Erlebnis. Zuerst das Zusammenspiel der Kräfte. Nach Vollmond und Neumond ist die Flut höher als sonst. Weht der Schirokko, jagt er die Wassermassen in den Golf von Venedig, vom Nordosten pfeift die Bora auf die Adria herunter und verhindert, dass das Wasser wieder abfließen kann. Die Flut wälzt sich in die Lagune. Die Sirenen geben Alarm. Am Markusplatz wird das Wasser aus den Gullys gedrückt. Die Kanäle schwellen an und bemächtigen sich der Gehsteige. Vaporettos stellen die Fahrt ein, weil sie nicht mehr unter den Brücken hindurchkommen. Faszinierend sei, wie die Bevölkerung gelernt hat, mit *acqua alta* zu leben. Sie zieht sich Gummistiefel an. Sie stellt Holzstege auf und bahnt sich damit neue Wege durch die Stadt.

Hochwasserschauen sei dabei gar nicht so leicht möglich, weil die Carabinieri mit *avanti andiamo avanti* dafür sorgten, dass es auf den *pasarelle* wegen Schaulustiger nicht zu Staus und Behinderungen käme. Und schließlich, sagte der Wolf, und das sei für ihn das Spannendste, ist *acqua alta* ein Zeitfenster in die Zukunft. Venedig ist aus dem Meer gekommen, und das Meer wird sich die Stadt wieder holen. Auch wir sind aus dem Meer gekommen, und das muss uns zu denken geben. Der Kommentar der Wolf: Sie hatte für uns drei Gummistiefel eingepackt, weil in Venedig mit dem *acqua alta* auch die Preise für Gummistiefel in die Höhe stiegen. Der Wolf hatte nicht vor, mit dem Auto nach Venedig zu fahren. Er wollte auch nicht auf Verdacht Gummistiefel anziehen. Die Wolf wiederum dachte nicht daran, die Gummistiefel im Handgepäck mitzuschleppen. Rechtzeitig fiel ihnen ein, dass ein fremdes Kind mit ihnen am Frühstückstisch saß. Sie schauten sich an.

Was möchtest du dir ansehen in Venedig?, fragte die Wolf. Komm, sag schon, sagte der Wolf, du warst öfter hier als wir. Du bist heute und morgen unsere Expertin.

Mama trieb es weg von den Kanälen mit ihrem Lärm der Vaporettos und Motorboote. Wir suchten uns Plätze, von denen aus kein Wasser zu sehen war. Am Campo Bandiera e Moro oder am Campo Santa Margherita oder in der Via Garibaldi saßen wir stundenlang. Ich bekam Geld für Eis, und Mama streckte die Beine aus, saß und schaute und horchte. Horch, sagte sie, horch auf die Geräusche. Stimmen und Schritte. Mach die Augen zu, horch und versuch dir ein Bild dazu zu machen. Hier kommt jemand, der in großer Traurigkeit gefangen ist, hörst du, jeder Schritt eine Überwindung, jeder Atemzug ein Befehl. Aber diese Schritte hier haben heute schon einen guten Tag gehabt, hörst du, sie kommen beschwingt und ausgeglichen daher und werden jetzt zum Schatten gehen.

Auch Mama ging in Venedig gerne zum Schatten. *Andar per ombra* in eine *bàcari* auf ein Glas Wein und ein *cicheto*, einen Happen, meist unsere einzige Mahlzeit. Wenn wir nicht auf einer Bank saßen oder mit dem Vaporetto fuhren, saßen wir im Schatten. Mit dem Essen hielten wir uns zurück. Günstig, sagte Mama, ist hier nur der Wein. Die Zimmer zahlte Mama mit Kreditkarte. Einmal lagen wir in einem grünen Zimmer, am Plafond runde weiße Wolken und dicke Engel über nackten Frauen, von der Mitte des Bildes hing ein riesiger, grün schimmernder Kristallluster mit gläsernen Blütenkelchen und Kerzen auf unser Doppelbett. Wenn uns kein Tiepolo-Engel auf den Kopf fällt, erschlägt uns der Murano-Luster, sagte Mama. Draußen vor dem Fenster auf dem Rio di San Barnaba ankerte ein Gemüseboot.

Schade, dass wir uns hier nichts kochen können, sagte ich. Du bist wie dein Vater, sagte Mama, an allem hast du etwas auszusetzen.

Ein anderes Mal wohnten wir am Campo Bandiera e Moro in einem alten Palazzo. Der Besitzer des Hotels saß an seinem Schreibtisch in einer riesigen, mit Teppichen, Gobelins, Eichentischen, Truhen und Statuen voll gestopften Halle. Er bediente sein Faxgerät und sang dabei. Wir frühstückten im selben Raum und wurden von livrierten Dienern aus Asien bedient, die auch unser Zimmer machten. Mama aber verließ das Zimmer nicht. Unser Zimmer hatte zwei kleine quadratische Fenster, die auf den Campo Bandiera e Moro blickten. Ein ruhiger Platz. Drei Bäume, zwei Zisternen, vier Bänke, eine Kirche, zwei Palazzi, Wohnhäuser, eine Drogerie, ein Altwarengeschäft. Am Morgen führten schwatzende Frühaufsteher ihre Hunde zu den Bäumen. Waren wurden mit Rodeln über den Platz geschoben. Die Rollläden der Geschäftsauslagen ratterten hoch, klappernde Schritte strebten quer über den Platz, andere verhallten vor der Kirche. Grüße. Rufe. Schritte wurden langsamer. Wortwechsel. Die Sitzbänke wanderten wie Sternbilder am Himmel. Am Morgen stand jede Bank in einem anderen Winkel des Campo. Die Frühaufsteher rückten zwei davon auf Hörweite zusammen. Am Nachmittag kamen die Alten. Die Bänke standen einander eng gegenüber im Schatten. Nach der Schule eroberten die Kinder den Platz und spielten Fußball. Ihre Eltern stellten die Bänke zu einem Viereck in der Mitte des Campo auf. Mit Einbruch der Dunkelheit wurden die Stimmen leiser, die Bänke rückten wieder auseinander in die Winkel des Campo. Von dort stieg die Nacht über immer wieder das Lachen einer Frau auf.

Mama blieb im Bett mit den goldenen Schnörkseln und Zierleisten, auch am dritten Tag.

– Mama, sagte ich, steh auf, du kannst nicht liegen bleiben, wir sind in Venedig, und ich möchte Papa und Benni eine Karte schreiben.

– Das kannst du doch, sagte Mama. Mir ist nicht gut. Kauf dir ein Eis, und das Eis für mich isst du auch gleich.

Der Campo ist durch die Calle de la Morte, eine schmale, finstere Gasse, mit der Salizzada San Antonin verbunden. Ich nahm es als Mutprobe. Schaffe ich es, ganz langsam durch die Gasse des Todes zu gehen, wird alles wieder gut. Ich streckte die Arme aus. Mit den Fingerspitzen konnte ich die Hausmauern links und rechts berühren. Drei langsame Schritte, Mama steht wieder auf, noch drei langsame Schritte, Benni kommt wieder zu uns, ein Schritt, Papa wird wieder vernünftig, noch ein Schritt, wir werden nicht mehr auf uns alleine gestellt sein, drei Schritte, Oma passt jetzt auf der anderen Seite auf, dass uns nichts passiert, zwei Schritte, hoffentlich kommen sie nicht einmal unangemeldet zu uns auf Besuch. Ich hatte die Mutprobe bestanden. Das Herz klopfte mir im Hals und mir war schlecht, aber die Beine waren auch dann nicht mit mir durchgegangen, als plötzlich eine Taube aufflatterte und knapp über meinem Kopf davonzog.

– Ich möchte auf den Zattere, sagte ich, dort gibt es das beste Eis von Venedig.

– Natürlich bekommst du dein Eis, sagte der Wolf, und die Wolf sagte: Wenn es kein *acqua alta* gibt, brauchen wir ein Ersatzprogramm.

Sie entschieden sich für die Pharaonenausstellung im Palazzo Grassi. Ich durfte mitbestimmen, dass mir das auch recht war. Wir fuhren doch mit dem Auto. Weil sich die Wolfs aber sofort wieder über Tempo und Gangschaltung stritten und ich nicht wieder im Heck vergessen werden wollte und gerade das hellblaue Wasser der Lagune aufgetaucht war, beugte ich mich vor und fragte:

– Wo arbeitet Mama jetzt?

Der Wolf schaltete sofort einen Gang herunter und sah mich im Rückspiegel an.

– In Niederösterreich. Es war sehr schwierig, dass sie diesen Platz bekommen hat. Vermutlich arbeitet sie momentan sehr hart. Wenn es ihr besser geht, schreibt sie dir bestimmt.

– Es ist schon ein Monat vergangen, sagte ich in die Augen im Rückspiegel, und ich mache mir Sorgen. Wer passt auf sie auf, wenn ich mit euch nach Venedig fahre?

Bei der Scheidung wurden wir Kinder gefragt, zu wem wir wollten. Ich sagte sofort, ich möchte zu meiner Mutter, weil ich wusste, Papa kommt alleine besser zurecht. Ich dachte, Papa versteht das. Hat er nicht. Und Benni hat sich für Papa entschieden, damit der nicht alleine ist. Das hat Mama nicht verstanden und sich schwere Vorwürfe gemacht. Die Wolfsaugen im Rückspiegel schauten wichtig.

– Wegen Venedig mach dir keine Sorgen, und wegen deiner Mutter auch nicht, die schreibt dir bestimmt sehr bald. Versprochen. Und wir machen uns heute einen feinen Tag.

Der feine Tag in Venedig begann mit dem falschen Boot. Die Wolfs waren Greenhorns und sparten – am falschen Platz. Statt einer Tageskarte kauften sie ein Billet für eine Einzelfahrt, und weil sie sich mit dem Billetverkäufer nicht richtig aussprachen und weil sie sich nicht auskannten und mich nicht fragten, bestiegen wir ein Vaporetto, das uns nicht zum Palazzo Grassi brachte und auch nicht über den Canal Grande fuhr. Die Wolfs fragten auch auf dem Vaporetto sofort nach dem Hochwasser. Die Wolf war erleichtert, dass es keinen Alarm gab, denn die Gummistiefel hatte sie im Kofferraum des Autos gelassen. An der Station l'Arsenale stiegen wir um, die Wolfs kauften jetzt doch eine Tageskarte. Wir ändern unseren Tagesplan, sagte die Wolf, vorausgesetzt, die Vorgangsweise sei mir nicht zu chaotisch. In die Pharaonenausstellung im Palazzo Grassi gingen wir trotzdem. Die Alabasteraugen von Pharao Amenemhet III. verfolgten mich durch den Saal und ließen mich nicht mehr los. Es waren keine Mumien ausgestellt. Der Wolf fragte, ob das ein Problem für mich sei. Nein, sagte ich, nur so bleiben wir vom Fluch der Mumie verschont. Der Wolf sah mich lange an. Wenn du ein Problem hast, sag es bitte. Dazu sind wir hier. Wir wollen uns vertrauen und uns alles offen sagen können.

Als wir den Palazzo Grassi verließen, heulten die Sirenen. Die Wolf wollte sofort zum Auto wegen der Gummistiefel, der Wolf meinte, mal sehen, wie schnell da wirklich jetzt das Hochwasser kommt. Wieder heulten die Sirenen, und ein rotes Motorboot der *vigili del fuoco* schoss über den Canal Grande, und gleichzeitig sah ich hinter dem Dorsoduro eine dunkelgraue Rauchwolke aufsteigen. Das sehen wir uns an, sagte der Wolf, und die Wolf nickte eifrig und sah mich erwartungsvoll an. Mit dem Traghetto ließen wir uns über den Canal Grande setzen, dann eilten wir über die Calle Lunga S. Barnaba zum Zattere, dem Rücken oder der Flosse von Venedig, je nachdem. Vor fast allen Fenstern flatterten die Regenbogenfahnen des Friedens. Am Zattere waren schon viele Leute zusammengelaufen. Die Rauchwolke kam von der anderen Seite, der Isola della Giudecca. Die Stuckymühle brannte. Auf der Suche nach ruhigen Plätzen und auf der Flucht vor den Touristen war ich mit Mama oft auf der Giudecca gewesen. Zuletzt war der Mulino Stucky bereits eingerüstet und mit großen Werbeflächen bedeckt. Appartements sollten entstehen, Eigentumswohnungen, Geschäfte, ein Hotel, ein Kongresszentrum. Mit Mama besahen wir uns die Baustelle von allen Seiten. Auf dem Spielplatz eines nahen Wohnblockes fanden wir einen Fliederbusch mit frisch lackierter Sitzbank und Sicht auf Fischreusen und Boote. Mama suchte im Reiseführer Angaben über den Mulino Stucky und las mir vor, dass sich der „Cavaliere d'industria“, Giovanni Stucky, ein Schweizer, vom deutschen Architekten Ernst Wullekopf auf der Giudecca 1895 eine Getreidemühle mit angeschlossener Nudelfabrik im neugotischen Stil hatte bauen lassen. Das rote Mauerwerk mit seinen riesigen Silotürmen änderte die Silhouette der alten Arbeiterinsel so sehr, dass bereits damals viele in der Lagune gegen das Bauvorhaben protestierten. Giovanni Stucky drohte darauf, alle Arbeiter zu entlassen. Einige Jahre später wurde er von einem Arbeiter erstochen, weil er ihm den Lohn nicht zahlen wollte. Der Mulino Stucky war eine Zeit lang die größte Nudelfabrik Italiens. Nach der Stilllegung in den fünfziger Jahren wurde das Gebäude dem Verfall überlassen. Mama und ich erfanden eine Geschichte vom Fluch der Stuckymühle und dem Gespenst Wullekopf. Solange es Fabriksbesitzer gibt, die die Leute schinden und betrügen und mit der Vernichtung von Arbeitsplätzen drohen, wird sich der Fluch ausbreiten wie ein Virus.

Mit den Wolfs saß ich am Kai, und wir sahen hinüber zum Feuerschein hinter den Fenstern des bereits renovierten Turms des Gebäudes. Ich erzählte ihnen die Geschichte vom Fluch, während wir den Feuerwehrmännern zusahen, wie sie gegen das Feuer ankämpften und doch unterlegen blieben. Der Wasserstrahl des Löschbootes erreichte nicht einmal die halbe Höhe des Gebäudes, die glühenden Ziegel qualmten, wenn Wasser auf sie traf. Ein Hubschrauber versuchte, den Brandherd aus der Luft mit Wasser zu treffen, dann zog er eine Schleife, flog tief an den Canale della Giudecca heran, ließ den Behälter fallen, zog ihn durchs Wasser und flog mit seiner Wasserlast zum Brandherd zurück. Von unserer Seite sah es aus, als würde sich ein Insekt damit abmühen, einen Fingerhut Wasser in einen Vulkan zu gießen, während sich unten die Männer der *vigili del fuoco* von der Fondamenta San Biagio über die Brücke eines Rio in das rauchende Gebäude kämpften. Kurz darauf stürzte ein Teil des Seitentraktes ein, Wasser spritzte, das qualmende, verbogene Baugerüst klebte wie eine Brandblase an der verbliebenen Außenmauer. Der Feuerschein hinter den Fenstern im Turm wurde stärker und satter, dann brach das Feuer durch das Dach. Wie eine Faust, aus der noch eine wuchs und noch eine, schob sich eine glühend rote Feuerwolke mit schwarzem Qualm in den blauen Himmel. Gleichzeitig stürzte der bisher noch aufrechte Teil der seitlichen Außenmauer in den Rio, das Wasser verdampfte zischend. Die weiße Gerüstplane der Frontmauer war in Fetzen gerissen, die sich unter Wasserdruck und Feuerhauch zu ständig neuen Figuren formten. Ein Mensch mit hoch erhobenem Kopf, das Gespenst Wullekopf, ein in Fesseln zusammengesunkener Mann, eine winkende weiße Frau. Am Fondamenta Zattere Ponte Lungo war es still geworden. Außer den Kommandos der Wasserpolizei unten im Canale und dem Klicken der Fotoapparate war kein Laut zu hören. Die Spannung löste sich erst im Geknatter eines zweiten zur Hilfe eilenden Hubschraubers auf. Der Wolf fluchte leise. Auch er hatte fotografiert. Als die Flammen durch das Dach schlugen, war der Film aus. Der Wolf wollte den Film schnell wechseln, riss das Gehäuse auf und sah, dass er auf das Zurückspulen des eingelegten Films vergessen hatte. Diesmal schwieg die Wolf.

Den Hubschraubern gelang es, die Flammen einzudämmen. Als von der anderen Seite des Kanals nur mehr schwelende und tropfende Mauerreste zu uns herüberstarrten, beschlossen wir aufzubrechen. Die Wolf hatte Hunger, aber jetzt waren alle Tische der Cafés und Restaurants am Zattere besetzt.

– Vielleicht finden wir ein Geschäft, ein *alimentari*, sagte die Wolf.

– Da vorne ist ein Billa, sagte ich.

Die Wolf sah mich skeptisch an.

– Na, du bist ja wirklich eine Expertin.

Als ich ihr kurz darauf den gelb-roten Eingang zeigte, gebärdete sie sich, als sei sie als Verdurstende auf Wasser gestoßen.

– Hans, hast du das vermutet, dass wir hier in Venedig so einen tollen Billa entdecken?

Sie strahlte uns an: Wir ändern den Tagesplan und machen ein Picknick. Dann warf sie sich ins Getümmel, und Wolf, der sich noch immer über den belichteten Film ärgerte, stürzte ihr nach. Ich blieb draußen und wartete auf sie.

Am vierten Tag nachmittags war Mama vom Bett der La Residenza am Campo Bandiera e Moro aufgestanden. Wir streunten die Riva entlang, erfanden Geschichten zu den vielen alten Leuten, die wir trafen, setzten uns bei den Giardini ins Vaporetto und fuhren hinüber zum Lido. Die Strandkörbe waren um diese Zeit noch eingewintert. Der Strand gehörte uns und ein paar anderen Muschelsucherinnen. Wir liefen gegen den Wind, spielten fangen mit den Wellen, bis unsere Schuhe ganz durchnässt waren. Rote Stangen spiegelten sich im Sand und ein aufgehender nasser Mond. Die Taschen und Kapuzen unserer Windjacken füllten wir mit Muscheln. Sie hatten dieselben Pastelltöne wie das Wasser, die Luft und die Lagune. Bei Papa musste jede Muschel besprochen werden: Kommt sie mit, bleibt sie da, warum muss die mit, was machst du mit der. Papa hatte Angst, dass mit zu vielen Muscheln im Gepäck das Auto irgendwo hängen bleiben würde. Jetzt, wo wir unser Gepäck selber schleppen mussten, fielen Muscheln nicht mehr ins Gewicht.

So, und jetzt komm, sagte Mama, heute gibt es noch ein Zimmerpicknick. Wir fuhren zum Zattere und kauften ein. Grissini, Sardinen, Salami, Prosciutto, Parmigiano, Ricotta, Fritole und einen Sack voller Flaschen.

Die Sachen müssen wir ins Hotel schmuggeln, sagte Mama. Wir haben heute ausnahmsweise im Supermarkt eingekauft, ausnahmsweise. Wenn alle in den Supermarkt laufen, gibt es hier bald keine Geschäfte mehr. Ich holte unseren Schlüssel, während sich Mama mit den Einkaufstaschen nach oben zu unserem Zimmer schlich. Der Hotelbesitzer, der mir erzählt hatte, dass er ein Marchese ist, sang sein Lied fertig. Dann gab er mir den Schlüssel und bestaunte meine Muscheln. Als ich zu unserem Zimmer kam, hatte Mama bereits eine der Flaschen geöffnet. Es war keine Weinflasche. Wir breiteten ein Badetuch als Picknickdecke über das Doppelbett. Mama war bereits sehr redselig. Mir ist sie still lieber. Ich war im Bad mit den Muscheln beschäftigt, Mama wollte in der Zwischenzeit alles für unser Zimmerpicknick vorbereiten. Ich hörte Flaschen klirren. Ich wusch die Muscheln im

Waschbecken vom Sand und füllte sie in leere Plastikflaschen, deren Hals ich abgeschnitten hatte. Als ich fertig war und aus dem Bad kam, waren die Fritoles auf den Boden gerollt, die Konserve mit den Ölsardinen war umgekippt, das Öl tropfte auf den Teppichboden und die Grissinis lagen zerbrochen und zerbröselt im Bett neben Mama, die zum Plafond starrte und sich nicht rührte. Ich erschrak und schüttelte sie. Dann sah ich, dass Mamas Flasche bereits halb leer auf dem Nachtkasten stand.

– Warum machst du das, schrie ich sie an, warum hörst du nicht auf damit?

– Du bist wie dein Vater, sagte sie, warum lasst ihr mich nicht einfach in Ruhe? Ich habe für dich eingekauft, iss etwas. Hol dir die Fernbedienung. Sei mein braves Mädchen. Heute ist mir danach, dass ich mir einen Schluck genehmige. Wir hatten doch einen schönen Tag.

Ich hätte Mama am liebsten ihren Schluck über den Kopf geleert und den Inhalt der anderen Flaschen auch. Stattdessen lief ich ins Bad und sprang auf meine Muscheln, bis der Boden ganz mit rosa, blauen, weißen, schwarzen und roten und violetten Splittern bedeckt war. Wir hätten einen schönen Tag haben können, aber wir hatten ihn nicht. Dann lief ich hinaus und hinunter in die Calle de la Morte. Eine Mutprobe war fällig. Wenn ich es schaffe, im Zwergenschritt durch die Todesgasse zu kommen, dann wird es wieder besser. Mama trinkt wirklich nur einen Schluck. Mama trinkt ihre Flaschen leer und dann ist Schluss. Oder Benni und ich tauschen. Und Benni bleibt bei ihr, vielleicht gibt ihr das den entscheidenden Ruck. Einen Schritt setzte ich vor den anderen, wie eine Seiltänzerin. Genauso gut hätte ich mir zwei Schritte vor, einen Schritt zurück auferlegen können. In der Salizzada San Antonin angelangt, spürte ich gar nichts. Der Schrecken hatte sich schon im Hotelzimmer breit gemacht, mehr Schrecken hatte gar nicht Platz. In der Bäckerei legte eine Frau in Stanniolpapier gewickelte Ostertauben in die Auslage. Das Fischgeschäft hatte bereits geschlossen, wo sonst Sepie und silberne Fische in Eiskörben auf Käuferinnen warteten, versperrte eine schwere Eisentür die Sicht. Im Lebensmittelladen standen noch Kisten mit kleinen lila Artischocken, glänzenden Mangoldstauden und dunkelrotem Radicchio auf der Straße. Die Obststeigen waren schon weggeräumt. Erst jetzt spürte ich, wie hungrig ich war. Ich hatte schon seit Tagen nur mehr gefrühstückt und Eis gegessen, und jetzt hatte ich nicht einmal dafür genug Geld mit. Ich bog in die nächstbeste Calle ein und war alleine. Hier gab es keine Geschäfte, nur Wohnhäuser, verwinkelte Gassen, die unbewohnt wirkten und verfallen. Es war bereits dunkel, es gab keine Straßenbeleuchtung. Hinter mir die Stöckelschritte einer jungen Frau. Ich blieb stehen. Die Frau hatte hellblondes, schulterlanges Haar und trug einen Mantel mit Pelzkragen. Bei jedem Schritt wippten Haare, Pelzkragen und Mantel im Takt. Die Frau wurde langsamer, zückte eine Taschenlampe und verschwand in einem Hofeingang. Vor mir glänzte ein schwarzer Rio, aber ich sah keine Brücke. Am Campo San Lorenzo hatten Mama und ich auf einem unserer Streifzüge ein Katzenhaus entdeckt. Ein aus Spanplatten gezimmerter Unterschlupf für die Katzen der Umgebung. Dort wurden sie gefüttert, und die Männer wurden auf aufgeklebten Zetteln gebeten, nicht im Katzenwinkel des Campo ihr Pipi zu verrichten. Eine dieser Katzen wünschte ich in meine Nähe. Aber hier war nichts. Nur stumme Häuser und ein schwarzer Rio, der jetzt auch noch einen scharfen Knick machte. Ich kam auch auf meiner Seite nicht mehr weiter. Plötzlich hörte ich wieder Stöckelschritte. Die blonde Frau war jetzt vor mir. Ich folgte ihr durch den Hofeingang, in dem sie eben erst verschwunden war, einem Rio und leeren, zugenagelten Hallen entlang, bis sich die Calle in einer Biegung weitete. Ich stand vor einem Hafenbecken und sah auf der anderen Seite die beleuchteten Löwen, die das Arsenal bewachten. Ich hätte Mama nicht alleine lassen dürfen. Auf dieser Seite des Arsenals waren wir noch nie gewesen, und erst jetzt bemerkte ich, dass ich mit der Frau aus einem abgesperrten Gelände des Areals gekommen war. Während ich mich nach einem Ausgang umschaute, sah ich es in der Ferne blinken. Das Taschenlampenlicht. Es führte mich in eine finstere Calle, ich folgte ihr über einen Rio, kam in eine belebtere Gasse und stand unvermittelt in der Via Garibaldi. Auf dem Campo Bandiera e Moro ging Mama vor dem Palazzo unruhig auf und ab. Als sie meine Schritte hörte, lief sie auf mich zu und küsste mich. Sie hatte eine Fahne mit aufgesetztem Pfefferminzgeschmack. Wir nahmen uns eine Bank und setzten uns in den hinteren Winkel des Campo und schauten dem halben Mond zu, wie er aus einer Wolke über den Himmel rollte und wieder verschwand. Dann gingen wir hinauf. Das Zimmer war einigermaßen aufgeräumt, die Muschelsplitter im Badezimmer verschwunden. Dieses Mal hatte sie den Inhalt ihrer Flaschen selbst entsorgt.

Mit vier schweren Einkaufstaschen kamen die Wolfs aus dem Supermarkt. Auf in die Lagune, sagte die Wolf, auf nach Torcello. Wir haben uns in der Schlange vor der Kassa überlegt, ein bisschen raus aus dem Trubel und den Tag gemütlich ausklingen lassen im Grünen, tut uns allen drei gut.

Also doch *acqua alta*, sagte der Wolf, als wir an den noch immer rauchenden Trümmern des Mulino Stucky und den noch immer mit ihren Schläuchen im Einsatz stehenden Feuerwehrleuten vorbeituckerten. Die Wolf lachte nicht, und ich auch nicht, denn alle auf dem Vaporetto sprachen von dem Brand, und es war der absolut falsche Zeitpunkt für einen müden Witz.

– Ich möchte wissen, was Mama arbeitet und warum sie mich nicht mitgenommen hat und warum ihr mir etwas verschweigt und wer jetzt auf sie aufpasst, sagte ich.

Der Wolf schaute mich mit sehr ernstem Gesicht an.

– Wir verschweigen dir nichts, sagte er, glaub mir. Wir haben eine Vereinbarung mit deiner Mutter getroffen. Sie wird sich bei dir melden und dir alles erklären. Bis dahin kann ich dir nur versichern, es geht ihr gut, ich weiß, dass sie hart arbeitet, auch an sich, und ich bin mir sicher, dass sie ganz gut auf sich aufpassen wird.

Außer uns brachte das Schiff nur mehr wenige einheimische Passagiere nach Torcello. Vorbei an der Friedhofsinsel San Michele und der Glasinsel Murano bahnte sich das Schiff seinen Weg durch die Wasserstraßen der Lagune. Inseln tauchten auf dem Wasser auf, mit verfallenen Ställen und Häusern, Glockentürme, Pinien, dann wieder nur ein

Flecken Erde mit einem geflochtenen Zaun. Fröhlich schief stand der Campanile von Burano inmitten leuchtend bunter Häuser. Von Torcello ging eine Stille aus, die auch die Wolf befangen machte. Nach dem Aussteigen stellte sich heraus, dass mit den Gummistiefeln auch der Reiseführer im Kofferraum liegen geblieben war. Auf Torcello gab es keine Gassen, nur einen Treidelweg entlang des Kanals hinauf zu den Kirchen. Über Torcello wusste ich auch nichts, außer dass es einmal eine wichtige und reiche Insel war, die schlagartig unbedeutend und entvölkert wurde. Mama hatte keinen guten Tag damals, deshalb blieben wir an der Anlegestelle, um sofort mit dem nächsten Schiff zurückzufahren. Jetzt ging ich mit den Wolfs den schmalen Treidelweg vorbei an saftig grünen Gärten, kleinen Feldern und zwei geschlossenen Gasthäusern. Der Wolf hatte wegen des vergessenen Reiseführers jetzt endlich ein Ventil, durch das er den Ärger über den ruinierten Film ablassen konnte.

– Ponte del Diavolo, las er laut, es wäre halt gut zu wissen, warum die Brücke eine Teufelsbrücke ist.

– Ich kenne viele Geschichten über Teufelsbrücken. Wenn ihr wollt, erzähle ich euch eine, wenn ihr wollt, erfinden wir eine.

Sie gingen auf meinen Vorschlag nicht ein. Der Wolf wollte im Recht bleiben, schließlich kamen wir erst zu den Baudenkmälern, über die ihn der Reiseführer informieren sollte. Die Wolf schien noch ein anderes Problem zu bekommen.

– Hier sind überall Zäune und Tafeln. Überall Privatbesitz. Was wird aus unserem Picknick?

– Hauptsache, der Reiseführer ist im Kofferraum.

Die Kirche Santa Fosca, der Dom Santa Maria Assunta, das Museum, alles war geschlossen. Das Restaurant hatte Sperrtag. Wir waren zu spät gekommen.

– Im Reiseführer ..., sagte der Wolf, weiter kam er nicht, denn jetzt wurde die Wolf wild. Sie schrie ihn an. Beide hatten vergessen, dass ein Kind neben ihnen stand, das in den nächsten fünf Monaten das ihre werden sollte.

– Was bist du, wenn du ohne Reiseführer ein Nichts bist? – Ein Lehrer! Ein Herr Lehrer, der nicht einmal Film wechseln kann, wenn es brennt. Ich lasse mir von dir mein Venedig nicht vermiesen.

– Du wolltest doch gar nicht herkommen.

– Ich? Ich habe mit Ja gestimmt, bei deiner sauberen geheimen Wahl, die du vorgeschlagen hast, damit du unseren Ausflug torpedieren kannst.

– Ich? Ich habe wegen der Kleinen einen Strich gemacht.

– Das X ist von mir, ich will euer Venedig nicht. Ich hab selbst eines. Seht ihr nicht wie das Wasser steigt?

Ich bin ihnen davongelaufen. Hinter dem Dom führt ein kleiner Weg am Friedhof vorbei durch die Salzwiesen der Insel. Abzweigungen führen zu Feldern, Obstgärten oder Bootsanlegestellen. Alles ist hier verdreckt. Angeschwemmte Plastikflaschen und Bierdosen bilden eigene Müllbänke. Ein kaputter Sessel steht halb im Wasser, Papier- und Plastikfetzen hängen wie Flechten von den Sträuchern und verkrüppelten Bäumen. Besser nicht zu genau hinschauen. Im Abendlicht verschwimmen die Farben der Landschaft wie die Landschaft selbst. Die Stöcke und Netze der Fischer schimmern lila, die Salzwiesen werden braun, schlammige Sandbänke grün, das Wasser und der Himmel sind türkis, und in einem fernen Rosa werden sie eins.

Ob sie mich suchen? Ob sie mich finden werden? Die Vollblutfamilie hat mich immer gefunden. In der Halbblutfamilie ist es gut gegangen bis zuletzt. Die Kunstblutfamilie? Ich muss es riskieren. Die Wolfs werden sich ohnehin etwas überlegen müssen. Nach Venedig fährt kein Boot mehr.

Kaventsmann

Es war ihre Idee. Es war eine ihrer Schnapsideen. Er hatte nachgegeben, weil er keinen Streit wollte. Nicht schon wieder. Jetzt verfluchte er seine Bequemlichkeit. Er lag auf einem viel zu weichen Bett mit geblümtem Überzug. Auf den Vorhängen drängten sich fliederfarbene Rosen mit grünen Blättern über rosa Rüschen, und die Tapete war ein grauenvolles Dickicht aus kindskopfgroßen Pfingstrosen, Geranien und Wildrosen. Es wucherte und rankte in karminrot, gelb, lila und fleischfarben. Er konnte sich nicht vorstellen, in diesem Raum auch nur eine Nacht zu schlafen. Sie lag zufrieden neben ihm und skandierte laut: A haon – a do – a trí – a ceathair – a cuig – weißt du noch? Er wusste. Er spürte starkes Verlangen, sie zu würgen, damit es wenigstens ruhig war im Zimmer. Sie hatte mehr vor, als ihm Irisch beizubringen. Nicht nur die Tapete würde ihm den Schlaf rauben.

Wo kein Funken, da kein Feuer. Es hatte Tränen gegeben, als er ihr gesagt hatte, was er nicht mehr für sie empfand. Aber anstatt erleichtert zu sein über die verbliebene Restwärme und wenigstens die zu erhalten, hatte sie sich in den Kopf gesetzt, die Uhren zurückzudrehen, sich der Zeit in den Weg zu stellen. An den Ursprung ihrer Liebe wollte sie mit ihm zurückkehren, um dort die Leidenschaft neu zu entfachen. Eine Irlandreise musste es sein. Ohne Kinder. Bei der Umsetzung ihrer Idee entwickelte sie Energien, die er ihr nicht mehr zugetraut hätte. Einwände ließ sie nicht gelten. Sie plante und organisierte. Die Route war zusammengestellt, und damit er ihr nicht in letzter Minute einen Strich durch die Rechnung machte, bestand sie von Anfang an darauf, für die Kosten der Reise alleine aufzukommen. Ein letzter Versuch, sagte sie, der sei es ihr wert.

– Weißt du noch, sagte sie, wie glücklich wir waren.

– Das ist eine Ewigkeit her. Was ich mit Sicherheit weiß: Irland war noch nicht in der EU, wir schleppten uns mit Tramperrucksäcken ab, zwei Wochen regnete es waagrecht, der Rest war Sprühregen, Fast Food, Hostels, in denen es nach feuchten Socken und alten Kartoffelschalen roch, und jeden Tag ein Kater.

– Du hast dich schon damals verstellt, du Schwein. Ich erinnere mich an eine heiße Sternennacht am weißen Strand von Great Blasket. Wir haben nicht einmal bemerkt, dass es wieder zu regnen begonnen und der Wind den Schlafsack mitgenommen hat. Oder der Tag, als wir auf Inishmore das *puffing hole* doch noch gefunden haben. Als die Gischt aus der Felsspalte in den

Himmel stieg, brach die Sonne durch die grauen Wolkenballen, und einen Augenblick lang zitterte ein Regenbogen in der Luft. Unser Regenbogen, hast du gesagt. Wir machen jedenfalls dieselbe Tour, vielleicht fällt dir wieder ein, was du mir alles ins Ohr geflüstert hast über dein Glück mit mir auf dieser zerschrammten Felsinsel, die du nicht im Rücken gespürt hast.

– Du stellst dir Zeit als eine gerade Linie vor, sagte er, auf der du auf und ab spazieren kannst. Wir gehen also ein Stück zurück und schon sind wir wieder mittendrin im Liebesspiel. Mein Gott, bist du naiv. Wir gehen in dieselben Kulissen, wenn es sie noch gibt, aber gespielt wird ein neues Spiel. Sei froh, dass dir an das alte wenigstens die Erinnerung geblieben ist.

Schließlich willigte er ein. Er hatte genug von Tränen, Streit und Vorwürfen. Er stellte Bedingungen: kein Sprachkurs, kein Schreibkurs, keine erzwungenen Zärtlichkeiten. Wir reisen gemeinsam, aber es muss möglich sein, getrennte Wege zu gehen.

Wohin er wohl gesprungen war, der keltische Tiger? Einige Tage ausspannen und Kräfte sammeln. Sich mit der Frau arrangieren. Wenn es diese Möglichkeit gab, war er dabei. Willkommen an Bord, hieß es in solchen Fällen in der Firma. Es waren

Kinder da, und die Kinder liebte er. Es waren seine Kinder. Er wollte keine Wochenendregelung. Auch in anderen Kulturen lebten Männer und Frauen zusammen ohne heißes Begehren, aber aus vernünftigen Gründen, und es funktionierte. Sie schlang ihm ständig ihre Arme um den Hals. Ihr Körper forderte stumm, was sein Körper nicht geben wollte. Diese Nähe hielt er nicht aus.

Du drückst mir dir Luft ab, sagte er, und sie verstand nicht.

Er wünschte, sie würde akzeptieren. Stattdessen verweigerte sie sich den Tatsachen.

– A sè – a seacht – a hocht – a naoi – a deich, zählte sie weiter, ich habe alles vergessen. Menschen zählt man wieder anders: Duine – beirt – triur …

– Kein Irischkurs, sagte er.

– Keine Angst. Sie lachte sogar. Ich halte mich an die Abmachung. Aber wir fahren in Gaeltachtgebiete, wenigstens grüßen und einkaufen möchte ich auf irisch.

– Lern leise. Ich will lesen.

Er war ein überzeugter Binnenländer. Mit zwei Beinen auf festem Boden, so fühlte er sich am sichersten, auf Berggipfeln war er daheim, in Tälern und Ebenen, wo das Land bis zum Horizont reichte. Er hatte Respekt vor dem Wasser. Obwohl er ein guter Schwimmer war, entfernte er sich nie weit weg vom Ufer. Es reizte ihn nicht. Bei Schiffsreisen blieb er stumm. Bis der Abstand von Land zu Land überwunden war, dachte er an nichts anderes als die jahrtausendealte Erfahrung an Schiffsbaukunst, die in so einer Fähre steckte. Ein Gewitter im Gebirge machte ihm nichts aus. Aber auf dem Meer versetzte ihn eine leichte Brise in Unruhe. Jetzt eignete er sich Kenntnisse über das Segeln an und befasste sich mit den Gesetzmäßigkeiten der Schifffahrt. Seit einem Seminar mit der Beraterfirma redeten die Führungskräfte, als hätten sie das Kapitänspatent erworben. Er war ein Hoffnungsträger und musste Bescheid wissen, wenn von der Verantwortung des Skippers, den Pflichten der Mannschaft, von falschen Knoten, vom Zusammenspiel von Wind und Segel die Rede war. Die Teilnehmer des Seminars waren tatsächlich bei Seegang hinausgesegelt, um zu erfahren, was es heißt, in einem Boot zu sitzen. Kurz nach dem Segeltörn der Führungskräfte an der istrischen Küste wurden die Mitarbeiter informiert, dass das Schiff aus dem Ruder gelaufen war. Jetzt segelte die Firma wieder auf Kurs. Um diesen Kurs zu halten und in sichere Häfen einzulaufen, war der Einsatz aller notwendig. Von der Heuer, die einbehalten werden sollte, sprachen sie dann doch nicht. Das überließen sie dem Betriebsrat, der von notwendigen finanziellen Opfern stammelte und auch den einen oder anderen Abgang nicht ausschließen wollte. Der Betriebsrat saß mit ihnen im Boot. Wahrscheinlich wusste er um zeitgemäße Entsprechungen für die Strafmaßnahme des Kielholens.

Er hatte sich ein Schifffahrtslexikon besorgt und ein Segelhandbuch für Anfänger. Es war wichtig, ihre Sprache zu sprechen. Zur Zerstreuung hatte er auch noch ein schmales Buch über Monsterwellen gekauft. Freak Waves. Das Buch war in englischer Sprache verfasst. Seine Lektüre auf dieser Reise.

Sie hatte ihr Buch auf den Kopfpolster gelegt und sah ihm beim Lesen zu. Dann schob sie ihm ihr nacktes Bein auf den Bauch. Jedes Jahr verschwinden Containerschiffe oder Öltanker spurlos. Insgesamt sollen in den letzten zwanzig Jahren zweihundert Supertanker auf den Weltmeeren verloren gegangen sein. Die Reedereien versuchen diesen Umstand geheim zu halten. Etwas Unerklärliches geschieht draußen auf Hoher See. Manchmal fängt ein anderes Schiff noch einen Notruf auf. Oft ist das Schiff in einen starken Sturm geraten. Es gibt besonders gefährdete Gebiete. Das Kap der Guten Hoffnung an der Südspitze Afrikas, den Nordatlantik, die Nordsee vor Norwegen und das Meer südöstlich der japanischen Inseln. Es geht immer sehr schnell. Zurück bleiben nur unbemannte Rettungsinseln oder versprengte Schwimmcontainer. Das Lesen fiel ihm leicht, die vielen unbekannten Fachwörter brachten ihn nicht aus dem Fluss, sondern regten ihn an, das Texträtsel zu lösen, um mehr über das Geheimnis der verschwundenen Schiffe zu erfahren. Sie schob ihre Hand unter dem Buch auf seine Brust. Noch immer sah sie ihm beim Lesen zu. Er ahnte, was kommen würde, und schaute geradeaus in sein Buch. Es gab die Abmachung. Warum hielt sie sich nicht daran? Sie schmiegte sich an ihn.

– Wir sind in Dublin, sagte sie, freust du dich?

– Du siehst doch, ich lese.

– Was liest du?

– Das siehst du doch. Ein Buch über Monsterwellen. Frage bitte jetzt nicht weiter, was Monsterwellen sind, ich kann es dir nicht sagen, weil du mich nicht lesen lässt.

– Erzähl mir nichts über Monsterwellen, sagte sie. Ich weiß, was es heißt, neben einem Monster zu liegen.

Er klappte das Buch zu. Er verfluchte diese Frau, die ihn nicht in Ruhe ließ, er verfluchte dieses Fremdenzimmer mit der schrecklichen Tapete, er verfluchte sich und seine Hilflosigkeit. Er wollte keinen Streit und keine Tränen. Warum lernte sie nicht weiter in ihrem „Irish for Beginners“? Warum las sie nicht im Reiseführer, um sich auf die Weiterreise vorzubereiten? Dublin – Dingle –

Cape Clear – Aaran Islands – Galway: Allein diese Route war eine Schnapsidee. Damals waren sie per Autostopp unterwegs gewesen, und ihre Ziele hatten sich zufällig ergeben. Jetzt fuhren sie mit einem Mietwagen und hatten die Möglichkeit, einer geographischen Logik zu folgen. Aber für die Frau musste die Reise authentisch sein, damit er doch noch zurückfand zu ihr. Sollte er ihr ins Gesicht sagen, dass er sie nicht mehr riechen konnte? Auch ihn hatte der Schlag unvorbereitet getroffen. Er liebte seine Frau nicht mehr, er fand sie nicht mehr begehrenswert, er wusste nicht mehr, was er reden sollte mit ihr. Es gab keine andere Frau. Es gab keinen Anlass. Er war nur eines Morgens aufgewacht, und die Dinge hatten sich verändert.

Sollte er in Dingle als verheirateter Mann auf twin rooms mit getrennten Betten bestehen? Sie würde sich trotzdem zu ihm legen. Sie würde sich an ihn schmiegen, sich an ihn drücken, sich an ihm reiben. Sie würde sich auf ihn legen und das Verlorene in seinen Augen suchen, bis er sie wegschob. Sie tat ihm Leid.

– Such dir doch einen Mann für das Sexuelle, hatte er ihr vorgeschlagen. Ich würde es verstehen. Ich bin nicht eifersüchtig.

In einem Hotel hätte er vielleicht etwas arrangiert für sie, mit dem Barmann oder einem Hotelgast. Eine kleine Sommerliebe. Warum nicht? Aber in diesem geblümten Zimmer waren sie einander ausgeliefert.

Er stand auf. Er füllte den Wasserkocher und senkte Teebeutel in die Kanne. Er stellte ihr eine Tasse Tee auf den Nachttisch. Dann ging er zum Fenster. Es nieselte. A soft day. Sie wohnten in Donnybrook im Süden Dublins. Zur Bucht war es nicht weit. Die Woodbine Avenue lag in einer ruhigen Siedlung. Weiß verputzte Häuser mit Mansardendächern, Vorgärten mit exakt geschnittenem Rasen, kunstvoll gestutzten Hecken und üppig blühenden Ziersträuchern an niedrigen Ziegelmauern. Hinter Fensterscheiben eine Warnung an mögliche Einbrecher. Achtung. Wir bewachen unser Viertel. Im Haus gegenüber gingen im ersten Stock die Lichter an. Eine grün gemusterte Tapete war zu erkennen, Pokale auf einem Regal, ein Raum, den ein Ehebett ausfüllte. Eine Frau mit sehr hellem, langem Haar tastete sich die Wand entlang zum Fenster. Sie sah zu ihm herüber. Dann rasselte die Jalousie. Ein Hund schlug an, andere folgten ihm. Ein geducktes Tier mit verhältnismäßig hohen Beinen und buschigem Schweif lief zielstrebig über die Straße und verschwand hinter einer Hecke. Hunde bellten sich heiser. Ein Fuchs.

Sie hatte den Tee nicht getrunken. Mit schmalen Schultern lag sie gekrümmt im Bett, das Gesicht zur Wand gedreht. Er schlüpfte unter ihre Decke und legte den Arm um sie. Sie rührte sich nicht. Er spürte nicht einmal ihr Atmen. Er wusste, dass sie wach war. Bis zum Morgengrauen lag er da und suchte im Dickicht der wüsten Blütenköpfe an der Mauer nach einem Ausweg.

Die resolute Vermieterin des B&B sprach sehr schnell. Ihrem schnarrenden Englisch entnahm er anfangs nur ein Wort. Doblin. Doblin. Mit der Zeit schälten sich Inhalte aus dem Redeschwall. Es ging um Vorschläge für den Tagesablauf unter Berücksichtigung des Wetters, das, obwohl es seit vier Tagen regnete, nach Ansicht von Miss Eyleen nicht gar so übel war. Am Frühstückstisch saß ein älteres Ehepaar, dem der Besuch der National Gallery nahe gelegt wurde. Ihnen empfahl sie eine Fahrt mit der S-Bahn, die Bucht von Dublin entlang, von Sandycove nach Howth. Er war froh, dass sie ihnen keinen leeren Tisch zugewiesen hatte. Die Frau würde ihn ein Frühstück lang verstimmt anschweigen. Sie wollte nicht begreifen, dass er nur aufgrund der Abmachung mitgefahren war und fest entschlossen, sich daran zu halten. Es wurde immer mühsamer, ein Gespräch mit ihr in Gang zu bringen, das in die alte Vertrautheit mündete und nicht in Feindseligkeit. Das ältere Ehepaar kam aus Canberra und war auf der Suche nach familiären

Wurzeln. Sie hatten eine fürchterliche Ankunft in Dublin hinter sich und deshalb Gesprächsstoff für Wochen. Die Fahrt mit der Fähre war sehr unruhig gewesen. Der Seegang machte ihnen zu schaffen. Seine Frau übergab sich über die Reeling, aber der Wind drückte ihr alles aufs Kleid. Keine Möglichkeit sich umzuziehen, weil auch anderen schlecht geworden war. Toiletten und Waschräume unbenützbar. Diesen Umstand beschrieb der Mann diskret und knapp. Dafür holte er zur Beschreibung der aufgewühlten See weit aus. Er erinnerte sich an die Erzählungen seines Großvaters, der in jungen Jahren auf einer Schitour in einen Schneesturm geraten war. Bei jeder Erzählung wurden die Eisnadeln länger, die ihnen der Wind ins Gesicht trieb. Waves sprach der Mann aus Canberra aus wie wives. In Dublin, bekleckert und grün im Gesicht, endlich wieder auf festem Boden, ging die Irrfahrt weiter. Man hatte ihm gesagt, die Woodbine Avenue finde er in der Nähe der Universität. Nicht wissend, dass es in Dublin mehrere Universitäten gibt, gerieten die Australier in den Norden der Stadt nach Ballymun und fanden sich in einer Straßenschlacht wieder. Berittene Jugendliche. Berittene Polizei. Sirenen. Steinhagel auf Einsatzwägen. Auch auf den Autobus prasselten Steine. Wütend stieg der Autobuschauffeur aus, suchte nach möglichen Lackschäden und gestikulierte mit Polizisten und

Anrainern. Dann kletterte er wieder in den Bus und herrschte die Fahrgäste an. Kein Stopp während der nächsten vier Stationen, wir fahren zurück in die Stadt. Der Bus fuhr scharf an, und draußen zielte ein Jugendlicher mit dem Gewehr. Es ging alles so schnell, sagte der Mann aus Canberra, wir sahen den Lauf, der auf uns gerichtet war, in solchen Momenten denkt man nicht, ist es ein Spielzeug, ist es eine Waffe, man denkt, jetzt ist es aus. Der Frau wurde wieder schlecht, der Busfahrer weigerte sich, stehen zu bleiben, und kündigte hohe Reinigungskosten an, sollte sie sich im Bus übergeben. Die übrigen Fahrgäste schienen nicht sonderlich erfreut, aber auch nicht sonderlich überrascht.

– Es gibt immer Probleme, wenn die Pferdefänger der Stadt unterwegs sind, seufzte Miss Eyleen, die Pferde der Kids sind nicht angemeldet. Das können sie sich nicht leisten, sie haben keine Arbeit. Aber es wird viel getan, um die Situation in Ballymun zu verbessern.

– Gibt es andere Don't-Go-Areas?, wollte die Frau aus Canberra wissen.

– Nein, sagte Miss Eyleen, Dublin ist sicher, Sie können überall hingehen. Aber nicht überall gibt es etwas zu sehen für Sie. Vielleicht wollen Sie sich heute dem netten Ehepaar anschließen? Sie fahren mit der DART-Bahn nach Sandycove und nach Dun Laoghaire und dann hinüber nach Howth.

Sie waren gemeint mit dem netten Ehepaar, und aus Miss Eyleens Mund klang das Wort couple wie Koppel. Sie sahen sich an. Ein Gewohnheitsblick. Ihr entkam ein kleines, schiefes Lächeln.

Die Australier entschieden sich für einen Ruhetag. Obwohl immer wieder graue Regenschleier über die Stadt trieben, hatte sich eine Gruppe von Kindern mit Badetaschen und aufgeblasenen Schwimmtieren im Waggon ausgebreitet. Auch sie hatte entgegen seines Vorschlages, ohne Gepäck zu fahren, eine große Tasche gepackt. Bücher, Strandtücher, Sweater, Regenjacke, Badekleidung, Fotoapparat, Notizbuch, Ansichtskarten, Wasserflaschen, Kekse, Reiseführer, Stadtplan. Er hatte vorgeschlagen, unterwegs in einem Pub Sandwiches zu essen. Jetzt würde sie ihm Kekse aufdrängen und keine Ruhe geben, bis er nicht zumindest drei Stück hinuntergewürgt hatte. Sie ist stur geworden, dachte er. Stur und unflexibel. Ohne detailgenaue Planung ging nichts mehr bei ihr. Er wusste nicht, woher dieses krampfhafte Bedürfnis nach Sicherheit bei ihr gekommen war. Früher war sie anders. Unbefangen und unbeschwert und nicht aus dem Gleichgewicht zu bringen.

In Sandycove klatschte die Irische See gegen die Uferpromenade. Fröstelnde Kinder ließen sich in der kleinen geschützten Sandbucht von auslaufenden Wellen überrollen. Ein Wegweiser wies zum Joyce Museum, einem klobigen grauen Turm. Unterhalb des Turms köpfelten Burschen von den Klippen ins unruhige Wasser. Ohne ihn zu fragen, bezahlte sie Eintritt für zwei Personen. Schweigend betrachteten sie Fotos, Handschriften, Briefe und Bücher des irischen Dichters. Eine Wendeltreppe führte in den Wohnraum des Turms. Hier hatte der Dichter gewohnt, bevor er Irland verlassen hatte und mit Nora Barnacle nach Triest aufgebrochen war, um sein Geld als Sprachlehrer zu verdienen und am Roman Ulysses zu arbeiten, der in diesem Turm seinen Ausgangspunkt nahm. Die enge Treppe wand sich zwischen dicken Mauern nach oben hinaus ins Freie. Eine dunkle Wolkendecke hatte sich über das eben noch leuchtende Meer gelegt und die Hügel des Hinterlandes verschwinden lassen. Unverdrossen sprangen die Burschen unter ihm in weiße Schaumkronen. Er vermisste die Kinder. Der Bub würde auch ins Wasser springen wollen, das Mädchen Anstalten machen, auf der Steinbrüstung des Aussichtsplateaus zu balancieren. Er würde sie hinaufheben und halten, damit nichts passieren konnte. Die Frau würde trotzdem sagen, ihr seid verrückt.

Die Uferpromenade entlang gingen sie zu Fuß nach Dun Laoghaire. Sie wechselte die Umhängtasche von der rechten Schulter in die Hand auf die linke Schulter. Er nahm sich vor, zu übersehen, dass sie an dieser Riesentasche schwer trug. So war es immer. Seine Vorschläge wurden ignoriert, und am Ende schleppte er Rucksäcke, Taschen und Koffer, die unter Missachtung seiner Einwände gepackt worden waren, mit Kleidern, die niemand brauchte, und unnötigen Dingen.

Sie hatte ähnliche Gedanken.

– Es sind auch deine Handtücher und deine Bücher in der Tasche.

– Ich habe gesagt, lass die Bücher und Handtücher im Zimmer. Du siehst doch, dass kein Badewetter ist.

– Irisches Badewetter ist nicht anders.

– Du willst also baden? Bitte sehr. Hinein ins Wasser mit dir. Ich warte im nächsten Pub auf dich. Zieh dich warm an beim Schwimmen. Genug eingepackt hast du ja.

– Ich streite nicht mit dir. Nicht über das Badewetter und nicht über den Inhalt meiner Tasche. Warum, denkst du, habe ich den Fotoapparat mitgenommen? Wegen der Kinder. Damit wir ihnen zeigen können, was wir erlebt haben, damit auch sie sehen, was wir gesehen haben. An die Kinder denkst du nie!

– Das würdest du auch noch gerne. In meinem Hirn herumwühlen mit deinen Händen und nachschauen, woran ich denke und woran nicht. Alles kontrollieren willst du, alles musst du begrapschen und betatschen. Ich sage dir, woran ich denke. Seit wir hier sind, habe ich es bereits tausendmal bereut, dass ich dir nachgegeben habe. Du mit deinen Schnapsideen. Ist das der Boden, auf dem sich unser Verhältnis erneuern soll?

Es kam keine Antwort mehr. Sie hatte ihren Gang beschleunigt, als seine Stimme lauter geworden war, und hastete jetzt ein gutes Stück vor ihm dem Fährhafen zu. Er hätte schreien müssen, wenn er ihr noch etwas mitzuteilen gehabt hätte. Er war froh, dass sie nicht mehr neben ihm ging, und wollte sie nicht durch laute Zurufe stoppen.

Warum ließ er sich provozieren? Es war nicht so, dass er sie hasste. Noch nicht. Manchmal dachte er, hoffentlich geht sie mit den Kindern anders um. Er war in letzter Zeit oft sehr spät heimgekommen. Als Hoffnungsträger musste er mehr arbeiten als andere. Meist schliefen die Kinder schon und am Morgen blieb nur wenig Zeit. Was ist los in der Schule? Wie viel ist neunundvierzig dividiert durch sieben? Was macht ihr heute? Du hilfst der Mama im Garten mit dem Bagger? Am Wochenende spürte er, dass sie streng war mit den Kindern. Bei jedem Griff in die Lade mit den Süßigkeiten musste um Erlaubnis gefragt werden, das Essen war eine Aneinanderreihung von Ermahnungen und Drohungen, und trotzdem fiel das Wasserglas um oder ein Stuhl kippte. Die Ordnung im Kinderzimmer war ein Problem, das für die Frau zum Zweitagesgespräch ausarten konnte. Er war verblüfft, welche Veränderung mit ihr vor sich gegangen war. Plötzlich stand eine Fremde in seiner Küche, plötzlich lag eine Fremde in seinem Bett.

Sie hatte ihr Tempo nicht durchgehalten. Beim Pier, der mit seinem Leuchtturm an der Spitze weit ins Meer hinausgriff, holte er sie ein. Vom Horizont steuerte eine weiße Fähre den Hafen an. Das Bassdröhnen der Schiffsdiesel war vorausgeeilt und lag bereits in der Luft. Sie gingen den Pier entlang Richtung Leuchtturm und sahen zu, wie sich die Fähre heranschob, bis sie die Hafeneinfahrt ausfüllte und von den verglasten Veranden und der Strandpromenade auf der gegenüberliegenden Seite nichts mehr zu sehen war.

– Das ist ein Fotomotiv, sagte er.

Sie knipste die Fähre als weiße Wand in der Hafeneinfahrt, die Fähre mit ihm im Vordergrund, dann stellte sie auf Selbstauslöser, legte den Fotoapparat auf die Hafenmauer, drückte ab, lief zu ihm, lächelte, lehnte sich an ihn und hielt still, bis es klickte.

Mit der DART-Bahn fuhren sie weiter, die Dubliner Bucht entlang nach Howth. Der Wind schob die dunklen Wolken nach Süden und trieb vom Norden Nachschub heran. Die Farbe des Wassers wechselte von türkis über bleifarben zu graugrün. Fußfischer stocherten im Schlick. Vom Fenster des Waggons aus sah er in die Hinterhöfe der Stadt. Backsteinhäuser standen die Schienen entlang aneinander gereiht. In den Gärten Gerümpel und ausrangierte Sitzgarnituren. Schlaffe Wäscheleinen vor schiefen Schiebefenstern. Mit Pappe abgedichtete Fensterscheiben. Ausgebrannte Stockwerke. Beim nächsten Straßenzug schlagartig ein anderes Bild. Rosenstöcke. Pools. Samtige Rasen. Veranden, Terrassen, Wintergärten.

In Howth hatte sich schwarzes Gewölk am Himmel aufgetürmt. Schmucke Häuser drängten sich den Hang der Halbinsel hinauf, die ihren bulligen Kopf dem Meer entgegenhielt. Ein kleiner Fischereihafen, ein breiter Pier, auf der Seeseite gegen die Brandung mit einem Wall riesiger Granitbrocken geschützt. Vor der Küste Irelands Eye, eine steingraue Insel in der jetzt stahlgrauen See. Das Programm stand fest und wurde wegen der Witterung nicht geändert. Zuerst ein Spaziergang auf den Pier hinaus, dann den Klippenweg entlang um die Landspitze herum zum Schloss mit den hängenden Gärten, wenn möglich der Sonnenuntergang und wahrscheinlich wieder Joyce. Früher hatten sie sich gegenseitig aus dem Ulysses vorgelesen ... *und ich hab ihm zuerst die Arme um den Hals gelegt und ihn zu mir niedergezogen, dass er meine Brüste fühlen konnte, wie sie dufteten*... Er hoffte, sie würde es nicht darauf ankommen lassen.

Am Pier traten sie aus dem Windschatten. Der Wind schlug ihnen ins Gesicht und blähte ihre Jacken auf. Sie zurrten die Kapuzen fest und stapften gegen den Wind zum Leuchtturm. Dann hatten sie den Wind im Rücken. Sie wurden gezerrt und geschoben. Plötzlich breitete sie die Arme aus, lief ein Stück, sprang und lief weiter. Es sah aus, als wollte sie abheben. Dann keuchte sie zu ihm zurück.

– Fotografierst du mich?

Er ging voraus ans Ende des Piers und gab ein Zeichen. Sie lief ein Stück, lachte und sprang. Mit dem Zoom holte er ihr Gesicht heran. Der Wind hatte ihre Haare aus der Kapuze genestelt und einen Strahlenkranz daraus gemacht. Sie schaute am Objektiv vorbei in die Ferne und schien glücklich dabei. Er stellte eine höhere Blende. Wieder rannte sie mit geblähten Ärmeln, die Jacke ein Segel, sie sprang hoch in die Luft und juchzte.

– Noch einmal?

Er drehte am Objektiv, bis sie ein Teil des Bildes war. Grau die Wolken, der Leuchtturm und das Meer. Weiß der tanzende Mastenwald der Segelschiffe im Hafenbecken, die Schaumkronen und die aufspritzende Gischt hinter der Mauer. Ihre Regenjacke ein leuchtend roter Fleck.

– Jetzt!, schrie er.

Sie rannte auf ihn zu mit ausgebreiteten Armen, lachte, sprang in die Höhe, lief schneller. Er trat zwei Schritte zurück, um sie im Sprung ins Bild zu kriegen. Am unteren Rand des Suchers sah er die Kette. Eine alte eiserne Kette mit schweren Gliedern, in leichtem Bogen versperrte sie die Zufahrt zum Pier. Sie war ihm vorher nicht aufgefallen. Die Kette wollte er nicht im Bild haben. Da sah er, dass sie Anlauf nahm. Sie sprang. Sie sprang nicht hoch genug. Die Kette bremste sie am Schienbein. Einen kurzen Augenblick schien sie in der Luft zu stehen, rudernd und flatternd, wie ein gemästeter Truthahn, der nicht wahrhaben wollte, dass ihn seine Flügel nicht trugen.

Das wird ein Foto, dachte er. Er war nicht schnell genug. Ein kurzer Schrei. Mit dem Gesicht voran schlug sie der Länge nach auf dem Asphalt auf.

Jesus!

Er stand noch immer da mit dem Fotoapparat in der Hand. Er wusste nicht, woher die vielen Menschen gekommen waren, die sich über seine Frau beugten. Er war nicht im Stande, einen Schritt näher zu gehen. Zwei Männer stützten die Frau, halfen ihr, sich aufzusetzen. Eine Frau strich ihr übers Haar. Ein Schwarzer kam auf ihn zu.

– You are the husband?

Seine Frau blutete aus Mund und Nase, das Kinn war aufgeschlagen und die Knie. Stumm sah sie ihn an. Die Rettung war informiert. Man wischte der Frau das Blut vom Mund.

– Da drüben ist ein Pub, sagte ein Mann, dort können Sie auf die Rettung warten.

– Möchtest du?, fragte er sie.

Sie schüttelte den Kopf

– Soll ich Ihnen ein Bier herüberbringen, fragte der Mann, oder einen Whiskey?

Ihm war danach, ein Glas in einem Zug auszutrinken und ein zweites dazu.

Ozeanforscher benützten bisher eine mathematische Formel, um Wellenhöhen vorauszusagen. Dieses lineare Modell zeigt, dass in einem Sturm die durchschnittliche Wellenhöhe zwölf Meter beträgt. Dem Modell zufolge gibt es keine Brecher, die höher als fünfzehn Meter sind. Die meisten Schiffe sind so gebaut, dass ihnen fünfzehn Meter hohe Wellen nichts anhaben können. Dreißig Meter hohe Wellen sind sehr selten und kommen statistisch gesehen alle zehntausend Jahre vor. Erzählungen von Riesenwellen wurden als Seemannsgarn abgetan.

Aber mit fortschreitender Technik gibt es mehr Überlebende bei Schiffsunglücken und mehr Zeugenberichte. Aus dem Nichts, erzählen Überlebende, sei plötzlich die Riesenwelle aufgetaucht, mindestens doppelt so hoch wie die übrigen Wellen. Vor der südafrikanischen Küste wurden in den letzten Jahren mindestens zwanzig Schiffe von Freak Waves beschädigt oder versenkt. Im Nordatlantik sanken mindestens 27 Schiffe durch Seeschlag. In der Nordsee zerstörte eine 26 Meter hohe Welle eine Ölbohrinsel. Das Kreuzfahrtschiff Bremen, vom Polarkreis Richtung Rio im Südatlantik unterwegs, wurde von einer 35 Meter hohen Riesenwelle getroffen, einige Tage darauf der Luxusliner Endeavour von drei aufeinander folgenden Monsterwellen überrascht. Bereits vor einigen Jahren ist das Containerschiff München in einem Sturm vor den Azoren verschwunden. Es gab keine Überlebenden.

Sie hatte Glück gehabt. Die Krankenschwester zeigte ihm Röntgenbilder. Nichts gebrochen. Keine Gehirnerschütterung. Sie hatte sich nur die oberen Vorderzähne ausgeschlagen. Ein ästhetisches Problem, für das das Unfallspital nicht zuständig war.

– Sie machen Ferien? Bleiben Sie in Dublin oder reisen Sie ab nach Österreich?

Er sah seine Frau an. Aufgeplatzte, geschwollene Lippen. Das Kinn ein einziger Bluterguss. Sie schüttelte den Kopf.

– Wenn es möglich ist, bleiben wir.

– Gut, dann besorgen Sie sich morgen einen Termin im Dental Hospital.

– Oh Jesus, sagte Miss Eyleen an der Haustür. What happened?

Jetzt hatten nicht nur die Australier Gesprächsstoff.

– Was jetzt?, fragte er, als sie nebeneinander im dunklen Zimmer lagen. Sie zuckte mit den Schultern und schwieg.

– Hast du Schmerzen?

Sie reagierte nicht. Ihr Gesicht in der Ambulanz des Unfallspitals hatte ihn dunkel an eine vertraute Situation erinnert, die er nicht zuordnen konnte. Jetzt fiel es ihm wieder ein. Die Geburt seines Sohnes. Es war keine leichte Geburt. Als das Kind dann endlich auf ihrem Bauch lag, hatte er sich über sie gebeugt und ihr die feuchte Stirn geküsst. Sie war zu erschöpft gewesen, um etwas zu sagen. Sie sah ihn an. Im Unfallspital hatte sie dasselbe Gesicht. Fremde, weiche Gesichtszüge, die Staunen ausdrückten über etwas, das sich nicht in Worte fassen ließ. Geweitete Pupillen, als sei ein Windstoß hineingefahren aus einer anderen Welt.

Sie zitterte. Er legte ihr seine Hand auf den Bauch. Sie wurde ruhiger.

– Versuche zu schlafen.

Heftiges Kopfschütteln.

Ihre Haut war glatt und kühl. Eine Marmorstatue. Aber unter der kühlen Glätte pochte das Blut. Zaghaft kam sie ihm entgegen. Er konzentrierte sich auf einen kleinen weißen Leuchtpunkt, der weit außerhalb lag. Auf diesen Punkt bewegte er sich zu. Der Punkt wurde langsam größer und heller. Er hatte keine Eile. Ruhig und konzentriert bewegte er sich in die weiße Sonne hinein, bis nichts anderes mehr war, als weißes Licht um ihn. Und ihre Wärme. Er war am Ziel. Sie würde falsche Schlüsse daraus ziehen. Wahrscheinlich hatte er einen Fehler begangen. Ihr tat es gut. Er war erleichtert. Es ging noch, auch mit ihr.

Oh God, sagte die Zimmervermieterin in Dingle, als sie die Zähne und das Kinn der Frau sah. Die Zahnärzte im Dental Hospital hatten ihr einen Draht verpasst, in der Hoffnung, die gelockerten Stümpfe würden sich, ruhig gestellt, wieder festigen. Die abgebrochenen Zahnstummel waren mit gelbem Kunststoff auf gleiche Höhe gebracht. Der Bluterguss am Kinn war dunkelblau. Die Frau schien einen Bart zu tragen.

Oh Jesus. God bless you. Sie haben Glück, sagte sie dann. Gäste haben abgesagt. Ich gebe ihnen die Wedding Suite. Er suchte nach einem Einwand, aber sie war schneller und dankte auf Irisch. Go raibh maith agat!

Ein Zimmer ohne Blumenmuster. Ein breites Bett. Die Wände in sanften Orangetönen. Eine Badewanne. Es ging ihr wieder besser. Auch mit abgebrochenen Vorderzähnen ließ sich fordern. Immer war sie in seiner Nähe. Eine Hand legte sich auf seine Schulter, seine Hüfte, seine Brust, wie zufällig strich sie ihm über den Rücken, übers Haar. Sie schien gefangen in unbändiger Gier nach Berührung. Die Behandlung im Dental Hospital war langwierig gewesen. Auch irische Zahnärzte schienen eine Vorliebe für abstrakte, expressive Bilder zu haben. Von allen Wänden stach und schoss es in rot, schwarz, weiß und gelb auf die Betrachter ein. Während sie auf dem Behandlungsstuhl lag, saß er im Wartezimmer und las. Die Segelmanöver für Anfänger fesselten ihn nicht. Er tastete in der Riesentasche nach dem Buch über Freak Waves und spürte ihr eingebundenes Notizbuch. Am Anfang las er mit schlechtem Gewissen, dann mit zunehmender Belustigung und wachsendem Zorn. Die Frau war verrückt. Sie war fest entschlossen, seine Liebe zurückzugewinnen. Sie hatte nicht begriffen, dass das nicht möglich und nicht notwendig war. Sie bildete sich ein, dass er sie für unattraktiv hielt nach zwei Kindern und der Arbeit im Haus. Sie wollte ihm ihre Attraktivität beweisen. Mit allen Mitteln und an allen Orten. Jeden Blick, jede Berührung, sogar Ausschnitte aus Gesprächen notierte sie, in der Annahme, sie sei auf dem richtigen Weg. Er sah mich lange und zärtlich an. Ich werde ihm Zeit geben. Sie baute auf den Vollmond und den Zauber der großen Blasket Insel, auf einen einsamen Abend am Strand von Coumenoole. Klappte es in Dingle nicht, waren da noch die Aaran-Inseln und Cape Clear. Er hoffte auf beständiges Schlechtwetter. Was ging dieser Frau durch den Kopf?

Gefährliche Meeresströmungen alleine erklären die Entstehung von Monsterwellen nicht. Die Bremen und die Endeavour gerieten im Südatlantik in Seenot. Weitab vom gefürchteten Agulhas Strom am Kap der Guten Hoffnung. Inzwischen werden die Wellen von Ozeanologen erforscht. Das Seemannsgarn nimmt Gestalt an. Es gibt Riesenwellen in drei Erscheinungen. Als weiße Wand gleitet eine weißschäumende, fast senkrecht aufgerichtete, bis zu zehn Kilometern breite Welle laut summend durch das Meer. Die drei Schwestern kommen in kurzen Abständen hintereinander. Der Kaventsmann, eine bis zu vierzig Metern hohe Riesenwelle, überragt den normalen Seegang um ein Vielfaches. Der Kaventsmann kommt unvermutet, meist aus einer anderen Richtung als die übrigen Wellen, und stürzt nach wenigen Sekunden in sich zusammen.

Dingle Town hatte sich verändert und war doch gleich geblieben. Ein lauter, bunter und geschäftstüchtiger Ort mit vielen Pubs, noch mehr Fremden und wenigen Fischern. Der Hafen war vergrößert worden. Dem Dingle Dolfin, einem Delfin, der bei ihrem früheren Aufenthalt erstmals am Eingang zur

Hafenbucht gesichtet worden war, hatte die Gemeinde inzwischen ein Denkmal gestiftet und Gott gedankt, dass er den Fisch zur Unterhaltung ihrer Besucher und zum finanziellen Wohlergehen der Gemeinde geschickt hat. Am Abend glitt der Nebel in weichen Wellen vom Rücken des Mount Brandon und weiter über die umliegenden Berge. Über der Bucht lag ein metallener Spiegel. Erst das Aufsteigen des Mondes brachte wieder Bewegung ins Meer. Sie war müde und wollte ins Bett. Ihm war nach Bier und Geigenklängen. Er begleitete sie nach Hause. An der Haustür überlegte sie es sich anders und ging mit ihm. Sie nippte lustlos an ihrem Pint, gähnte ununterbrochen und schnitt Grimassen, weil ihr die Musik zu laut war. Er bezahlte für beide.

– Warum gehst du nicht nach Hause?, fragte er.

– Ich bin mit dir hier, sagte sie.

– Du nervst, sagte er.

Sie blieb ein paar Schritte zurück, um wortlos hinter ihm herzutrotten. Schweigend legten sie sich ins Hochzeitsbett. Später hörte er sie schluchzen. Er fand keinen Schlaf. Warum kann sie nicht zufrieden sein?, dachte er.

Mit ihren Irischkenntnissen hatte sie wenig Erfolg. Sie erhielt englische, aber auch französische und italienische Antworten. Es mochte an ihren Zähnen liegen. Sie hatte Schwierigkeiten mit der

Artikulation. Jedes Wort klang wie gefaucht. Sie gab nicht auf. In der Buchhandlung, die noch immer an der Dykegate Lane lag, kaufte sie eine neue Karte und ein Sprichwörterbuch in irischer Sprache. Sofort begann sie, laut daraus vorzulesen. Drei Dinge sind schwer zu verstehen. Der Verstand einer Frau. Die Arbeit der Bienen. Das Kommen und Gehen der Gezeiten. Er schwieg. Die Dinge mussten geklärt werden.

Sorry. The sea is too rough. Heute keine Überfahrt nach An Blascaod Mór, zur großen Blasket Insel. Morgen auch noch nicht. Erst wenn sich das Wetter ändert.

Er war erleichtert. Auf das Wetter war Verlass. Keine gefährliche Überfahrt in einem wild schaukelnden Boot zum westlichsten Punkt Europas. Keine abgeschmackte Romantik. Kein krampfhaftes Beschwören der Jugendzeit und einer Liebe, die in dieser Intensität ohnehin nur in ihrer Fantasie existierte.

Ein schöner Tag stand bevor. Picknick am Strand. Lesen. Ausspannen. Reden. Vielleicht ergab es sich.

Sie waren alleine auf dem Strand von Coumenoole. Sie hatte die Badetücher auf dem Sand ausgebreitet, er Sandwiches ausgepackt und Tomaten geschnitten. Rote Felswände schützten den Strand auf drei Seiten. Vor ihnen brandete grün der

Ozean. Dicke Wolken jagten über den Himmel und malten ihre Schatten auf den baumlosen Buckel von Great Blasket. Manchmal gaben sie für einen kurzen Augenblick die Sonne frei, und die Landschaft strahlte in frischen Farben.

– Weißt du noch, sagte er, das letzte Mal lag da vorne bei den Felsen ein gestrandetes Schiff. Den Kindern würde es hier gefallen. Nächstes Mal nehmen wir sie mit.

– Gibt es ein nächstes Mal?, fragte sie.

– Das liegt an dir, sagte er.

– Ich kann so nicht leben.

Ein kleines Stück Salatblatt hatte sich in ihrer Zahnspange verfangen.

– Mach dich nicht lächerlich, sagte er. Was brauchst du denn noch, damit du leben kannst mit uns?

– Mit dir kann ich nicht leben. Du bist gefühlskalt, hart und zynisch. Spürst du nicht, wie du alles vergiftest? Ich kann so nicht leben und ich will so nicht leben.

Der hellgrüne Fleck auf ihrem Zahndraht hüpfte immer schneller auf und ab. Er versuchte Haltung zu bewahren, aber es gelang ihm nicht. Er konnte den Lachreiz nicht länger bändigen. Er warf sich in den Sand und lachte. Hör auf, schrie er, hör auf zu reden, ich kann dir einfach nicht mehr zusehen beim Reden. Er lachte über das auf- und abhüpfende Salatblatt und wusste gleichzeitig, dass das ein Fehler war und ein Missverständnis.

Um das Geheimnis der Riesenwellen zu lüften, beschäftigten sich die Meeresforscher auch mit anderen Disziplinen. Sie experimentierten. Kurzen, langsamen Wellen schickten sie lange, schnelle Wellen nach, die Wellen überlagerten sich, bis plötzlich ein riesiger Wellenberg entstand, der gegen die Wand des Versuchsbeckens knallte. Die Gischt durchschlug das Eternitdach des Labors.

Schlussfolgerung der Forscher: Der Kaventsmann entsteht „einfach so". Neben den bekannten linearen Wellen gibt es unstabile Wellen, die die Energie von nachfolgenden Wellen aufnehmen können und dann als Monster aus dem Wasser steigen.

Das Meer hatte sich weit zurückgezogen. Sie legte ihre Kleider ab und folgte dem Wasser. Zieh dich warm an, rief er ihr hinterher. Das Meer hat siebzehn Grad. Mehr nicht. Er sah ihr zu, wie sie hinausschwamm und einige Male prustend untertauchte.

– Ist das Wasser kalt?, schrie er ihr zu. Sie tauchte auf und wandte sich wieder dem Strand zu. Mit kräftigen Tempi teilte sie das Wasser. Aber sie kam nicht vom Fleck. Sie hob die Hand. Sie rief ihm etwas zu.

– Hilf mir!

Er stand auf, um sie besser zu sehen.

– Bleibe ganz ruhig!, schrie er. Nicht in Panik geraten.

Sie schrie verzweifelt. Ein starker Sog schien sie immer weiter aufs offene Meer hinauszuziehen. Das Wasser war eiskalt. Er musste ihr helfen. Er musste sich ausziehen. Die Socken zuerst. Nie war sie zufrieden. Immer gab es Schwierigkeiten mit ihr. Er hörte ein scharfes Zischen und blickte auf. Ein Wellenreiter fuhr übers Meer zu seiner Frau. Er stand bis zu den Waden im Wasser und sah ihnen zu. Die Frau klammerte sich am Surfbrett fest. Der Surfer zog sie aufs Brett und paddelte am Rande der Bucht auf den Strand zu. Bald hatten sie Boden unter den Füßen. Seine Frau schien nicht alleine stehen zu können. Der Wellenreiter musste sie stützen. Er schlang ihren Arm um seine Schultern und schleppte sie zum Ufer, wo sie sich hustend, keuchend und weinend in den Sand fallen ließ.

– You are the husband?

Er beugte sich über die spuckende, zitternde Frau.

– Alles in Ordnung?

Sie sah ihn an.

The sea is too rough. Es gibt keine Überfahrt. Wir sind am Ende … Merkst du das nicht?

Das Sprichwörterbuch lag aufgeschlagen im Sand. Einige Sprichwörter hatte sie sich angestrichen. Ni fhanann trá le fear mall. An ebb does not wait for a slow man.

Feuerbrand

Schwarze Blätter. Gekrümmte Jungtriebe. Sie hatte die Veränderung bemerkt. Auf einen Insektenschädling hatte sie gehofft, auf die größere Erfahrung der alten Nachbarn, die unterscheiden konnten. Ein Spinner, ein Sauger, ein Stecher. Aber deren müde, trübe Augen wollten nicht sehen. Jetzt glänzten Tropfen an den verdorrten Trieben. Honiggelb. Es bestand Meldepflicht. Feuerbrand.

Sie würde Abschied nehmen müssen von dieser Landschaft und nach ihrer Reise zurückkehren an einen Ort, den es nicht mehr gab. Eine Bakterie, Erwinia Amylovora, lichtete das Land. Den Kindern hatte sie neue Gegenden zeigen wollen. Daheim wurde die Landschaft fremd. Sie hatte sich den Aufbruch in die Zukunft anders vorgestellt. Diese Zukunft war wieder vorhersehbar und versprach keine Überraschungen. Ein Frühling ohne Blütenwolken über hügeligem Land, im Sommer keine Schatten, der Herbst ohne Apfelrot und im Winter nur mehr die Erinnerung an schwarze Krähenbäume auf gleißenden Wellen des Schnees.

Es gab Vorschriften, was zu tun war. Die Bäume umschneiden. Die Säge desinfizieren. Das kontaminierte Holz an Ort und Stelle verbrennen. Im Haus war sie nie warm geworden. Oft hatte sie sich vorgestellt, dass eine Abrissbirne in seine Mauern krachte. Mit einem Schulterzucken wäre sie daneben gestanden. Sie verstand sich nicht mehr aufs Wohnen. Wenn Wind aufkam, zog es sie hinaus auf die Streuobstwiesen. Unter den Mostbirnbäumen lauschte sie den Flüsterliedern der Blätter und wurde ruhig. Sie glaubte, die Botschaft zu verstehen. In jeder Himmelsrichtung brandete das Meer.

Die Motorsäge schnitt ins Holz.

Die Motorsäge schnitt in das ächzende Holz des Apfelbaums, den sie zur Geburt des Sohnes gesetzt hatte. Cox Orange, kleine Äpfel mit geflammten Wangen, saftig, würzig mit schwacher Säure, zu schwach, um im Kellerregal den Winter zu überdauern.

Die Motorsäge schnitt in das splitternde Holz des Quittenbaumes. Der Baum der Tochter. Feste rosa Blüten im Frühjahr, leuchtend gelbe Früchte im Herbst, mit feinem Duft, aber ungenießbar in ihrer Wolle. Erst gekocht erzählte ihr Geschmack vom Licht der weiten Steppe.

Das Haus war die Gegenwart mit ihren Bleigewichten, die sich auf die Brust senkten und das Atmen schwer machten und verzögerten. Dem hatte sie etwas entgegengesetzt und Bäume gepflanzt. Die knospenden Zweige versprachen Zuversicht, die

Kronen sollten die Nebeldecke durchstoßen und die Ferne sehen.

Die Motorsäge schnitt in Stämme, die mit zwei Händen zu umfassen waren. Die Motorsäge schnitt in Stämme, die sich umarmen ließen. Mostbirnbäume, Edelobst, Sträucher, plötzlich wurden sie alle zur Gefahr, unheilbringend wie Vögel und Bienen, die auf ihrem Flug die Seuche verbreiteten. Das Vergehen einer Landschaft: Verändert, verstummt, verschwunden.

Tout complet. Es war, wie man ihr versicherte, für die Bretagne ein bemerkenswerter Sommer. Vierzig Grad, sogar unten am Strand im Schatten der Stadtmauer. Die Kinder waren müde und hungrig und hatten keinen Blick für das Meer. Sie hatte nicht an den Marienfeiertag gedacht, und daran, dass ihr Ziel ein beliebter Urlaubsort war. Es schien, als wären alle französischen Familien zur selben Zeit *en vacances* gefahren und genau an diesen einen Ort, wo es deshalb für eine Mutter mit zwei Kindern keinen Platz mehr gab. Sie war mit den Kindern an den Strand gegangen, hatte die Koffer abgesetzt und sich in den Sand fallen lassen.

Das Meer war gerade dabei, sich zurückzuziehen, und gab Muschelbänke und Seegraswiesen preis. Vom roten Sprungturm und den Betonmauern des Schwimmbeckens hatte es sich bereits abgewandt, und in einer halben Stunde würde es auch die vorgelagerten Inseln als Hügelkette zurückgelassen haben. Tief und blau lag der Himmel über dem Meeresrand. Nach achtzehn Stunden Bahnfahrt hatte sie keinen größeren Wunsch, als die brennenden Schuhe auszuziehen und den feuchten Findlingen entlang auf den Horizont zuzulaufen.

– Woran erkennt ihr eine Meerjungfrau?, fragte sie die Kinder.

– An den Brüsten, sagte der Knabe.

– Am Schuppenschwanz, sagte das Mädchen.

– Am nassen Kleidersaum, sagte sie. Manchmal tropft auch Wasser aus dem Ärmel. Es gibt mehr Meerjungfrauen und Wassermänner, als wir denken. Wir könnten jetzt zum Wasser laufen und das Meer begrüßen. Wir holen uns nasse Füße und gehören dazu.

– Ich bin müde und habe Durst, maulte der Bub.

– Ich will ein Eis, forderte das Mädchen.

Am Strand zurückbleiben wollten beide nicht.

Bei jedem Schritt wichen die Schatten des Wassers aus dem Sand. Hier blieb nichts, wie es gerade war. Am Abend würde das Meer wieder gegen die Mauern der steinernen Stadt branden. Die vorgelagerten Inseln würden unerreichbar sein, Muschelbänke und Seegraswiesen verschwunden in der anderen Welt, zu der auch der Sprungturm keinen Weg durch die Gischt wies.

Madame? Der Mann hinter der Rezeption des Hotels, das *Zum goldenen Ginster* hieß, taxierte die Kinder, das Gepäck und die nasse Spur, die sie quer über die blau-weißen Fliesen zu ihm gezogen hatten. Oui madame. Ein Zimmer war frei. Sie hatten Glück. Zu ihrem Glück gehörte ein türkises Mosaikbad mit goldenen Armaturen, ein dicker, grüner Teppichboden, gediegene Möbel aus dunklem, glänzendem Holz.

Die Kinder stritten sich, wer bei ihr im Ehebett liegen durfte, sie versuchten es mit Stein, Schere, Papier, Auszählreimen und Münzenwerfen. Nichts aber brachte das für sie erwünschte Ergebnis. Beide wollten sie bei ihr und neben ihr liegen. Da gab es nur eine Lösung. Sie musste vom Rand in die Mitte und sich schmal machen. Die körperliche Nähe zu den Kindern, die sie bereits verloren geglaubt, nach der sie sich gesehnt hatte, war ihr in diesem Bett nicht angenehm. Die Matratze war zu weich. Wie Fässer rollten die Kinder auf sie. Das Mädchen mit entspannt ausgebreiteten Armen, der Bub eingeigelt, auch im Schlaf die Fäuste geballt, bereit zur Attacke und auf den Hinterhalt vorbereitet. Laut schnaufend suchten sie Halt an ihr, während das Bett mit ihnen durch eine unruhige Nacht schlingerte. Draußen vor dem Fenster die Rufe der Nachtschwärmer und das gelbe Licht einer Straßenlaterne, die eine hohe Granitfassade gegenüber ausleuchtete und scharfe Schatten ins Zimmer warf. Um sie herum die Nachtfahrt des Hotels. Gedämpfte Stimmen am Gang, eine rauschende Spülung, gurgelnde Abflüsse, knarrendes Holz. An der Tür hing die Preisliste. Sie besagte, dass ihre Tage in diesem Zimmer gezählt sein sollten. In diesem Hotel nächtigten Menschen einer anderen Kategorie. Sie waren noch nicht einmal richtig angekommen und schon wieder hieß es, Groschen zählen, kalkulieren, sparen, streichen, einschränken. Sie verstand sich nicht mehr aufs Haushalten. Keine halben Sachen. Den Kindern wollte sie das Meer zeigen. Und *Ar Mor*. Das Land am Meer. An ihrem Meer. Das Meer, das glucksend in die Nacht glitt und brüllend aus ihr herausbrach. Das Meer, das die Schenkel leckte und gegen die Brust sprang. Das Meer mit seiner ständig wechselnden Landschaft. Wellentäler, Wasserberge und Schaumkämme. Das Meer, das ruhig wie ein Spiegel lag. Das Meer, über das der Wind Schafe blies. Das Meer, das sie trug. Das Meer, das das Land formte und den Himmel färbte. Türkis, tintig, bleifarben, meergrün – *glauque*. Das Meer. Mit jeder Bewegung erzählte es von der Sehnsucht, von der Unendlichkeit, von anderen Welten. Das Meer, das sich breit machte, seinen Platz beanspruchte, einfach da war. Das Meer, das Ruhe gab. Und Kraft.

Was war den Kindern zuzumuten? Sie wussten nicht, was auf sie zukam. Sie hatte ihnen nicht alles gesagt. Natürlich machen wir auch zu dritt Ferien. Natürlich fahren wir auch zu dritt ans Meer. An den Ozean. Ich zeige euch eine andere Welt. Algenwälder, Meerwölfe, Seespinnen. Muschelfelder. Salzgärten. Wolkenbänke. Ebbe. Springflut. Sturmwind. Es wird schön. Ihr werdet sehen. Die Kinder hatten, ohne zu murren, ein jedes einen Koffer hinter sich hergezogen, während sie die Reisetaschen schleppte. Mit diesem Gepäck würde es schwierig sein voranzukommen. Von einer Pension zur nächsten. Tout complet. Die ganze Küste ist voll. Es sind Ferien, Madame. Sie haben nicht gebucht? Das ist ein Problem. Es tut uns Leid. Alles war ein Problem und nichts tat ihnen Leid. Mit aller Kraft ruderte sie durch diese Sprache, die es ihr nicht verzeihen wollte, dass sie sich seit Jahren nicht mehr in ihr verständigt hatte. Habe ich mich richtig ausgedrückt? Sie verstehen mich? Wir fahren nicht zurück. Wir bleiben hier.

Die Sache war klar. Er zog aus. Sie und die Kinder blieben im Haus. Sie hatten keine andere Wahl. Er zahlte Unterhalt. Solange sie keine Arbeit gefunden hatte oder keinen neuen Mann. Man nannte es Wiedereinstieg. Wohin hatte sie sich gehen lassen, die letzten zehn Jahre? Sie bot sich an. Halbherzig. Das, was sie zu bieten hatte, war nicht gefragt. Was gefragt war, konnte sie sich nicht bieten lassen. Mit zwei schulpflichtigen Kindern war ihr Wert nicht gestiegen. Nicht am Arbeitsmarkt, und auch nicht bei den Männern. Damit hatte sie gerechnet, nicht aber damit, dass man sie sofort als Außenstehende erkannte und ihren Versuch, wieder Fuß zu fassen in der Welt, als Anmaßung empfand.

Die Jahre im Haus hatten das Denken verändert. Kleinigkeiten waren wichtig geworden. Die Beschaffenheit der Jausenbrote, die Tischdekoration bei Familienfeiern. An den Details hatte sie sich abgenutzt. Langsam war sie geworden in ihrem Streben nach Perfektion, und umständlich. Die Zukunft war zum überschaubaren Zeitraum geschrumpft. Die nächsten sieben Stunden, die nächsten sechs Tage. Wann sind die Kinder außer Haus, wann kommt er von der Arbeit heim? Die Werbepost, die der Briefträger zu den Häusern schleppte, waren Nachrichten von draußen. Wort für Wort studierte sie die Aussagen, Bild für Bild verschlang sie die Botschaften. Sie, die in anderen Zeiten die Kulturseiten fremdsprachiger Zeitungen gelesen hatte, überflog jetzt Sonderangebote und Aktionen, analysierte, was wo wie viel kostete, während sie bei der Zeitung nur mehr den Regionalteil aufschlug und gleich wieder weg legte. Eine

Schnäppchenjägerin war sie geworden. Das Jahr über Weihnachtsgeschenke im Kopf, das Ausrichten von Geburtstagsfesten, das Einkochen und Ansetzen. Sie hatte sich alles selbst beigebracht, Lehrgeld gezahlt, und sie war doch keine Meisterin geworden. Im Keller stapelten sich Marmeladegläser, Saftflaschen und Gurkentöpfe, die niemand wollte, an die niemand dachte. Sie verzettelte sich beim Kochen und verrannte sich beim Erzählen. Wo war ich stehen geblieben? Um den Anschluss an die Welt draußen nicht ganz zu verlieren, rasierte sie sich die Beine und sparte für den Friseur und eine neue Haarfarbe. Sie hatte sich damit abgefunden, dass sie ans Haus gebunden war. Man setzt keine Kinder in die Welt, um sie dann anderen zu überlassen. So waren sie sich alle selbst überlassen geblieben, und sie hatte es nicht bemerkt, weil sie zu tun hatte mit Schlieren an den Fenstern, widerborstigen Kinderhaaren, mit dem Haushaltsbuch und dem selbstreinigenden Backrohr.

Schwer und heiß lagen die Köpfe der Kinder auf ihr. Ihre Kinder, die jetzt, erschöpft von der Reise, in unruhigen Träumen trieben. Sie hatte gehofft, endlich wieder Weite zu finden und durchzuatmen, aber vorerst blieb es eng. Auf dem Rücken lag sie mit absterbenden Gliedern, nach Luft ringend und nach Schlaf. Ein gestrandetes Muttertier.

Mit den Koffern würde es schwierig sein, am Strand zu übernachten. Schwerer Fehler in der Planung, gleich zu Beginn. Schlimmer noch. Sie war ohne Plan weggefahren. Zu viel Gepäck, zu wenig Geld. Bei den Mahlzeiten ließ sich sparen. Sie würden sich von *Baguettes* ernähren, von *Crêpes* und *Galettes*, und am Abend zum Meer gehen. Sie wollte es den Kindern erklären. Immerhin. Sie waren angekommen. Der Zugang zum Meer war gefunden. Der Ausgangspunkt war gut. Eine befestigte Stadt, erbaut von Korsaren, die sich immer geholt hatten, was ihnen gefiel. Das Mosaikbad war ein Luxus. Warum sollte der Neuanfang in einer Absteige beginnen?

Die Motorsäge schnitt ins Holz. Sie schnitt in das harte Holz der Mostbirnbäume, die den Weg zum Haus wiesen. Saftige Birnen. Eine alte Sorte, im Herbst mit wildem Geschmack und leichtem Honiggeruch. Prickelnder Most nährte den Sturm im Gemüt. Das Holz leuchtete rötlich und frisch. Die Wachstumsringe erzählten von harten Zeiten, von Dürrejahren und von den Hochwassern.

Die Kinder waren erschöpft eingeschlafen. Es war heiß und stickig im Zimmer. Lorient hieß die neue Stadt. Eine Stadt vom Reißbrett. Einst reich geworden durch sogenannten „Elfenbeinhandel“. Ein Dreieckshandel: Tausche Perlen und Tand gegen Sklaven in Afrika, Sklaven gegen Gewürze, Porzellan und Seide in den Kolonien. Wieder in Lorient zurück, wurden Anteilsscheine fällig. Nach dem Verlust der Kolonien wurde die Stadt zum Waffenlager. Den Bomben des letzten Krieges widerstanden nur die Befestigungsanlagen der deutschen Besatzer. Die Stadt erstand wieder am Reißbrett. Die Klimaanlage funktionierte nicht. Vor den Fenstern war über die gesamte Vorderfront des Hotels eine zusätzliche Glaswand angebracht worden. In der Nacht schien es ruhig zu sein bis auf ein dumpfes Grollen und Stampfen, das aus einer der großen, hell erleuchteten Hallen auf der gegenüberliegenden Straßenseite kam. Durch das geöffnete Fenster drang statt frischer Luft der säuerlich-stechende Geruch von verrottendem Fisch. Sie waren im *Port de Pêche*, im Fischereihafen, abgestiegen. Das grüne Hotelzimmer in der Korsarenstadt hatte den Großteil ihres Reisebudgets verschlungen. Sie hatte sich entschlossen, trotzdem länger zu bleiben. Es war ein guter Ort, um den Atem des Ozeans zu spüren. Sie tauchte ein in die andere Welt, streifte durch Gärten fein gewirkter Rotalgen, bestaunte die knotigen Büschel des Blasentangs und die braun wogenden breiten Bänder des Fingertangs, die sich, vom Meeresboden losgerissen, Schwimmenden um die Knöchel schlangen oder auf die Schulter legten. Die Kinder waren enttäuscht. Sie kannten nur die kroatische Adria. Dieses Meer mit seinem ständigen Wandel war ihnen unheimlich. Trotz der Hitze entfachte das Wasser Gänsehaut. Am Abend am Strand knirschte Sand zwischen den Zähnen, und der Wind zerrte an Haaren und Kleidern, dass sie sich hin- und hergetrieben fühlten wie Algen in der Strömung. Es brauchte Zeit, bis sich die Kinder auf diesen neuen Rhythmus einstimmten. Diese Zeit musste sie ihnen geben. Es war schwieriger, als sie es sich vorgestellt hatte.

In die fremde Sprache hatte sie sich soweit hineingefunden, dass nicht mehr alles ein Problem war. Aber beim Gehen fand sie oft keinen Halt. Etwas war mit ihren Beinen. Auch in flachen Schuhen stolperte sie und fiel. Aufgeschlagene Knie, geschwollene Knöchel, schmerzende Zehen. Die Kinder lachten, wenn sie taumelte. Die Kinder machten es ihr nicht leicht. Jedes Essen war ein Aufruhr. Die Hummer mit den zusammengebundenen Scheren in den Aquarien der Restaurants taten ihnen Leid. Sie verachteten die Menschen auf den umliegenden Tischen, die Schnecken und Seespinnen verzehrten und auf deren Tellern sich Berge von Krabben-, Garnelen- und Muschelschalen türmten. Crêpes schmeckten nicht wie die Palatschinken daheim, und Teller mit aus Buchweizenmehl hergestellten Galettes mit pikanter Füllung schoben sie ungestüm weg. Die Kinder meinten es ernst. Es ging ihnen nicht um das Essen. Es ging um sie, ihre Mutter. Vor den Augen der Kinder schälte sich eine neue Mutter aus dem alten Leben. Sie aber wollten sie, wie sie immer gewesen war, wenigstens die Mutter sollte ihnen vertraut bleiben, etwas unbeholfen in ihrer Liebe, leicht in der Ecke zu halten und grenzenlos für sie da.

Sie versuchte, sich den Kindern über das Meer und seine Küsten zu erklären. Sie fuhr mit ihnen zu schroff ins Meer abstürzenden roten Klippen. Sie wanderten auf Zöllnerwegen zwischen von Meer und Wind geformten Granitblöcken, die die Abendsonne zum Glühen brachte und Gestalt annehmen ließ. Sie lief mit ihnen über weite Strände und ließ sich fallen bei einem aufs Meer hinausblickenden Menhir. Sie trieb die Kinder durch steinerne Dörfer an blauen Hortensienbüschen vorbei zu den Fratzen der Wasserspeier an grauen Kirchtürmen und zu geheimnisvollen Brunnen. Aber je mehr sie den Kindern zeigte, je mehr sie ihnen erzählte, je mehr sie auf die satten Farben, die Leuchtkraft der Luft hinwies, je mehr sie versuchte, ihnen wieder nahe zu kommen, umso verschlossener wurden sie. Die Kinder wehrten sich gegen den Aufbruch. Die Kinder verbündeten sich gegen sie. Eng umschlungen schliefen sie auf dem Sofa. Seit einigen Tagen beanspruchte niemand mehr den Platz im französischen Bett.

Es war ein bemerkenswerter Sommer. Im Fernsehen standen Reporter mit ernsten Gesichtern vor aufblasbaren Kühlhallen. Drinnen stapelten sich Särge. Rund 3000 alte Menschen waren in der Hitze der Großstadt Paris umgekommen. Es war kein natürlicher Abgang. Verdurstet, ausgetrocknet, sich selbst überlassen, füllten sie die Leichenhallen, überforderten die Bestattungsunternehmen. Wie konnte es soweit kommen?, fragte eine Frau ihr Mikrofon. Weil die Krankenhäuser voll waren. Weil keine Krankentransporte mehr durchgeführt wurden. Weil sich im Altenheim, wie eine Frau im weißen Kittel erklärte, eine Schwester um 72 Kranke kümmern musste. Weil die Leute in die Ferien gefahren waren, ohne sich um ihre Angehörigen zu kümmern, wie ein Mann, der als Regierungschef ausgewiesen war, beklagte. Es gebe keinen Familienzusammenhalt mehr, bedauerte er, und ein Insert wies darauf hin, dass der Mann wegen der Katastrophe seinen Urlaub abgebrochen hatte. Deswegen haben wir gestreikt, nicht nur einmal, sagte ein anderer Mann in weißem Kittel, die Kamera folgte ihm ins Innere eines Krankenhauses, und der Mann zählte auf: Einsparungen, Personalreduktion, Gesundheitsreform. Auf den Gängen standen die

Notbetten in Zweierreihen, und die Kamera stoppte bei einer an mehrere Infusionsflaschen angeschlossenen, heftig atmenden Greisin und wechselte von der Totalen zur Großaufnahme eines zuckenden, zahnlosen Mundes.

Das Hotel im Fischereihafen hatte sich auf durchreisende Geschäftsleute spezialisiert. Es war zweckmäßig eingerichtet für Menschen, die reisen mussten und deshalb nie lange blieben. Madame hatte sich wieder belehren lassen müssen. Die Hitze, die Urlaubszeit, das keltische Festival. Warum haben sie nicht gebucht? Die Gepäcksaufbewahrung am Bahnhof war wie in allen größeren Städten aufgelassen worden. Eine Vorsichtsmaßnahme wegen befürchteter Bombenanschläge. Aber der Fahrdienstleiter sprach deutsch und trug eine Armbanduhr mit dem alten Flügelrad der Bundesbahn. Die Eisenbahner waren vernetzt. Madame, ich habe Freunde in ihrer Heimat, versuchen sie es mit dieser Adresse. Der Zahnputzbecher taugte auch als Weinglas, und das Fernsehprogramm wurde von Satelliten gespeist. Vom Greisinnenmund drückte sie sich weg zu einem Übergrößenkanal. XL-Channel. Amateurfilme für Erwachsene. Am Ufer eines zugefrorenen Waldsees lag eine Frau nackt im Schnee. Ihre Hände und Füße waren an den Knöcheln mit einem roten Band zusammengebunden. Ein Mann mit einem langen Mantel und einer Pelzmütze stiefelte um die nackte Frau herum. Die Frau wand sich im Schnee. Der Mann öffnete den Reißverschluss seiner Hose. Dann wälzte er die Frau auf den Bauch und brachte sie auf die Knie. Ihre Brüste rieb er mit Schnee ein. Die Kamera zeigte steife Brustwarzen. Der Mann bearbeitete die Hinterbacken der Frau. Die Kamera schwenkte von den nackten Fußsohlen und gefesselten Gelenken zu den Händen des Mannes, die die Frau für das Objektiv breit machten. Der Mann streifte seine Lederhandschuhe ab und schlug die Frau damit. Er ließ Schnee auf ihre Körperöffnungen rieseln. Die Kamera sah zu, wie der Schnee schmolz und der Mann in einer grotesk gebeugten Haltung in die Frau eindrang. Ruckartige Bewegungen. Verzerrte Gesichter. Der Mann spritzte. Die Frau rollte auf die Eisdecke des Sees. Der Mann folgte ihr. Ein jäher Schnitt, ein kurzer Nachspann. Rusalka hieß der Film. Amateurfilmer wurden aufgefordert, ihre Beiträge ebenfalls an den Kanal zu schicken. Dann die Ansage verschiedener Sex-Hotlines. 24 Programme waren gespeichert. Mit der Fernbedienung glitt sie durch die Kanäle, und als sie wieder beim XL-Channel ankam, stand ein nackter Mann in Kochschürze über eine auf einem gedeckten Tisch liegende Frau gebeugt. Draußen rollten Kühlwagen mit dem frischen Fang der Nacht aus dem Hafen.

Andere hatten es von Anfang an gewusst. Sie war gewarnt worden. Sie hatte nicht hören wollen. Sie hatte die Bedenken verlacht. Sie war dem Mann in eine andere Stadt und aufs Land gefolgt, hatte ihre Ausbildung und den Kontakt zu Studienkollegen und Freundinnen abgebrochen. Sie hatte die Unterstützung ihrer Eltern abgelehnt. Ein Nest braucht keinen Notausgang. Er hatte sie nicht einmal besonders überreden müssen. Sein verlegenes Lächeln genügte. Sie wollte es so. Sie wollte mit diesem Mann gehen, sie wollte diesen Mann haben, sie wollte nicht mehr sein ohne ihn. Ob das die Liebe gewesen war? Die freudigen Schauer, die anfangs bei jeder Berührung, bei jedem Blick ihren Körper zum Fließen brachten, waren bereits vor den Kindern verebbt. Geblieben war eine harte Lust. Regelmäßig und gewissenhaft kümmerte er sich darum, und sie hielt es für angebracht, sich mit dieser Entwicklung der Liebe zu einer Art Kameradschaft abzufinden und glücklich zu bleiben. Von Anfang an hatte sie zu wenig auf die Gespräche geachtet. Wenn das nur gut geht, hatte die Freundin gesagt, ihr habt doch keine gemeinsamen Interessen. Sie hatte der Freundin verboten weiterzusprechen. Weil sich die Freundin das Wort nicht verbieten ließ, hatte sie sich von ihr zurückgezogen. Sie war freiwillig verstummt. Warum hatten alle Angst, vertrautes Terrain zu verlassen? Wo es keine gemeinsamen Interessen gab, konnten neue entstehen. Wo eine Sprache nicht ausreichte, konnten neue Worte erfunden werden. Aber der Mann sprach nicht viel. Von Anfang an. Hinter seinem Schweigen steckte kein Geheimnis. Er hatte ihr wirklich nichts zu sagen. Sie hatte neben ihm ihre Sprache verloren, ohne dass es besonders aufgefallen war. Als er ihr zu verstehen gab, dass es ihm ernst sei mit der Trennung, fehlten die Worte. Wie nach einem Schlaganfall musste sie das Sprechen wieder lernen. Es war mühselig und schmerzhaft. Sie hasste ihr Gestammel, an dem kein Fortschritt zu erkennen war. Erst am wachsenden Unmut der Kinder spürte sie, dass sich doch etwas änderte.

Die Motorsäge schnitt ins Holz. Sie schnitt in die wegspritzenden Zweige des Weißdorns. Freundliche weiße Blütendolden im Frühling, rote mehlige Beeren im Herbst. Eine Futterhecke für Bienen. Unter dichtem Blattwerk versteckte Dornen und zähes Holz. Ein verlässlicher Zaun rund ums Haus.

Die Kinder hatten sich abgesprochen. Sie gehorchten nicht und liefen ausgelassen davon. Sie ließ sie ziehen, stapelte das Gepäck alleine in der Nähe des Ausgangs und humpelte an die Reling der Fähre. Die Dieselschwaden des Schornsteins und das Dröhnen der Maschine machten sie benommen und schläfrig. Auf den Bugwellen des Schiffes schaukelten unruhige Möwen. Vorbei am Beton der Kriegsbunker und dem stechenden Geruch des Fischereihafens steuerten sie aufs Meer hinaus. Das Wetter versprach unverändert strahlend zu bleiben. Am Oberdeck drängten sich die Tagesausflügler, während sich im Salon die Pendler niedergelassen hatten, um noch etwas zu dösen. Im Meer vor ihr nahm eine Insel Konturen an. *Qui voit Groix, voit sa joie*, wer Groix sieht, sieht seine Freude, besagte ein bretonisches Sprichwort, im Gegensatz zur Charakterisierung der von starken Strömungen umfassten Ile d'Ouessant im Westen: *Qui voit d'Ouessant, voit son sang* – Wer Ouessant sieht, sieht sein Blut. Die Kinder teilten ihre Freude nicht. Die Reise bot keine Überraschungen für sie. Ein ständiges Aufbrechen, ein hastiges Ankommen und keine außerordentlichen Erfreulichkeiten, weil bereits mit jedem Cent gerechnet werden musste. Das kannten sie von daheim. Müssen wir auf die Insel auch noch? Warum fahren wir nicht früher nach Hause? Ich will …, ich möchte …, warum hast du nicht …, warum dürfen wir nicht? Beide Kinder hatten sehr viel von ihrem Vater. Als sie noch auf ihre Brust angewiesen waren, forschte sie oft stundenlang in den vom Schlaf entspannten Gesichtszügen. Nach wem würden die Kinder kommen?

Hier die Nasenflügel und das Grübchen, dort die hohe Stirn, die Stellung der Brauen, der vertraute Zug um den Mund. Die Entwicklung, die Veränderung in den Gesichtern hatte sie in ihrem Tagebuch festgehalten, auch Mutmaßungen darüber, welche Wesenszüge die Kinder annehmen würden. Jetzt erschrak sie manchmal. Über die Ähnlichkeit der Kinder mit ihrem Vater, noch mehr aber über die Ähnlichkeit, die die Kinder mit ihr hatten. Der Bub hatte die Neigung zur Ungeduld und zum unüberlegten Handeln. Das Mädchen scheute Konflikte und gab schnell auf, wenn es sich einer Herausforderung stellen sollte. Wenn das Mädchen mit den Schultern zuckte, spürte sie kalte Wut aufsteigen. Auf das Kind, auf sich selbst und auf ihre Mutter, die immer betonte, dass sie eben das Pech gepachtet hätten im Leben. Als junge Frau hatte sie sich vorgenommen, mit beiden Händen nach dem Glück zu greifen, sobald es sich zu erkennen gab, und das Leben anders zu nehmen als die Mutter. Inzwischen war auch sie davon überzeugt, dass in ihrer Familie den Frauen das Glück versagt blieb. Sie spürte, wie sich diese Einstellung auf die Tochter übertrug, und sie war wütend auf das Kind, weil es diese Haltung nicht in Frage stellte. Sie musste am Aufbruch festhalten, um dem Kind Alternativen aufzuzeigen – auch wenn sie selbst am Gelingen zweifelte.

Die Insel hatte sich zur Gänze aus dem Bereich der Unschärfe geschoben und lag wie ein funkelnder Edelstein vor ihnen. Helle Sandbuchten waren zu erkennen, grün bewachsene Felshänge, hier und da der getünchte Rauchfang eines Hauses, davor das Meer in einer blauen Schuppenhaut, über allem ein satter Himmel und eine weiße Wolkenherde. Sie nahm sich vor, Kurs zu halten. Trotz der Verluste und Veränderungen war der Neubeginn ein Gewinn für alle. Die Fähre stieß einen heiseren Signalton aus, änderte den Kurs und fuhr die Küste entlang auf die Hafeneinfahrt zu. Vielleicht sollten sie sich zur Erkundung der Insel doch Fahrräder ausleihen. Eine Abwechslung für die Kinder. Der Überziehungsrahmen ließ wahrscheinlich auch noch ein paar bessere Mahlzeiten im Restaurant zu. Daheim würden sie schon irgendwie zurechtkommen, bis sich eine Lösung fand. Unmittelbar neben ihrem Kopf explodierte etwas mit lautem Knall, und ein dumpfer Schmerz schoss ihr in die Seiten. In Panik schrie sie auf. Ausgelassenes Gelächter. Die Kinder hatten sie nicht vergessen. Und weil er es lustig fand, stieß ihr der Sohn noch einmal seine Karatehände in die Flanken, während das Mädchen neben sie an die Reling gesprungen war, „huhu“ schrie und die geplatzte Hülle eines Luftballons schwenkte. Sie wirbelte herum und erwischte den Sohn gerade noch am Handgelenk.

– Mach das nie wieder, herrschte sie ihn an und drückte seine Hand eine Spur fester als notwendig.

– Warum müsst ihr mich immer erschrecken?

– Weil du nie da bist, weil du immer woanders bist mit dem Kopf, zeterte der Bub, erschrocken über ihren groben Griff. Mit der anderen Hand hatte sie das Mädchen zu fassen bekommen.

– Runter vom Geländer, sofort.

Das Mädchen lachte.

– Mama, jetzt müsstest du dich sehen. Du hast ein Ameisengesicht. Ein zorniges Ameisengesicht. Du siehst nicht gut aus.

Der Bub entwand sich ihrer Hand und spottete: Ameisengesicht, Ameisengesicht. Sie wusste nicht, wie sie auf die Attacke der Kinder reagieren sollte. Sie überlegte kurz, mit dem unverzüglichen Abbruch der Reise zu drohen. Sie befürchtete, nicht überzeugend zu wirken.

Die Touristeninformation war im ersten Stock eines neuen Zweckbaus untergebracht und hatte geschlossen. Die Sperre richtete sich nach dem Sonnenstand. Laut Anschlag würde die Tür erst am späten Nachmittag wieder offen stehen. Die Passagiere der Fähre waren schnell verschwunden. Sie wurden erwartet. Alle waren abgeholt worden oder wussten, wohin sie gehen mussten. Familienangehörige hatten am Kai gewartet, Nachbarn, Geliebte, Ehefrauen, Freunde. Sie hatten jemanden in die Arme geschlossen oder ein Paket übernommen. Alle hatten ein Ziel. Nur sie und die Kinder standen in der Mittagshitze mit dem Gepäck. Es sah nicht gut aus. Die Herbergssuche schien wieder aufreibend zu werden.

– Kann ich Ihnen helfen, Madame?

Der Mann, der sie angesprochen hatte, trug weiße Turnschuhe, blau-türkis karierte Bermudashorts, ein kurzärmeliges Polohemd und war zwei Köpfe größer als sie. Er war schwarz und lächelte. Was will der uns helfen, schoss es ihr durch den Kopf.

– Nein danke, wir benötigen keine Hilfe, sagte sie.

Der Mann schien irritiert vom gereizten Klang ihrer Stimme. Er suchte ihren Blick. Sie sind zum ersten Mal hier? Sie werden abgeholt? Nein? Sie suchen eine Unterkunft? Sie werden kein Zimmer bekommen. Es ist sehr schwierig. Die Ferien. Und nächste Woche das Festival. Das internationale Festival der Inselfilme. Das sollten Sie sich ansehen. Aber Sie müssen reservieren. Wenn Sie erlauben, helfe ich Ihnen mit dem Gepäck. Sie haben sehr viel Gepäck.

– Nein, danke, wir benötigen keine Hilfe, sagte sie auf Französisch, bitte lassen sie unser Gepäck stehen, und auf Deutsch fügte sie hinzu: Überall dasselbe, in Österreich und auf einer kleinen bretonischen Insel. Könnt ihr einen nicht in Ruhe lassen? Wenn ich sage, wir brauchen keine Hilfe, dann brauchen wir auch keine.

– Pardon, Madame, sagte der Schwarze förmlich, ich habe gesehen, dass Sie fremd sind. Ich dachte, Sie benötigen Hilfe. Wenn ich Ihnen trotzdem helfen kann, *voilà*.

Er kritzelte etwas auf eine Visitenkarte. Dem Papier zufolge, hieß der Mann Maurice Soukop und war Pulmologe in Montpellier, auf die Rückseite hatte er eine Adresse und eine Telefonnummer notiert und eine Skizze beigefügt. Eine Straßenkreuzung, ein Kirchturm, ein Platz, eine weitere Kreuzung, an der die Straßen sternförmig auseinander liefen, ein Pfeil und ungefähr in der Mitte einer zwei Ortschaften verbindenden Straße ein zweiter Pfeil auf einen Kreis. *Ici.*

Die Straße vom Hafen zum Hauptort der Insel zog sich vorbei am Heimatmuseum, einer Brandruine, dem hellblau verputzten *Cinéma des familles* und einer Buchhandlung einen Hügel hinauf. An einem Stein hatte sie sich die große Zehe gestoßen. Die Zehe blutete. Die Griffe der Reisetaschen schnitten in die Handflächen. Die Kinder plagten sich mit den Koffern, die auf der Straße nicht rollen wollten. Um sie abzulenken, begann sie von den

Thunfischen zu erzählen. Der Thunfisch ist ein Wanderfisch. Er hat Silberaugen und die Form einer Spindel. Das macht ihn pfeilschnell. Im Frühjahr schwimmen die Schwärme ins Mittelmeer, um zu laichen. Vor der sizilianischen Küste warten die Fischer mit der Mattanza, einem Schlachtfest. Im Juni sind die Schwärme im Ärmelkanal. Sie ziehen bis nach Norwegen, bis zur irischen Küste, bis zu den Azoren. Früher hatten auch die Menschen von Groix vom Fischfang gelebt. Zuerst von den Sardinenschwärmen. Als die eines Tages, man weiß nicht, ob es wegen einer Klimaveränderung war oder wegen Überfischung, ausblieben, mussten sie sich etwas einfallen lassen, wenn sie auf der Insel überleben wollten. Die *Groisillons* spezialisierten sich auf den Fang des *Germons*, des weißen Thunfischs. Sein helles Fleisch ist begehrt und teuer. Der Germon bevorzugt eine Wassertemperatur von siebzehn Grad. Das Blut des Thunfisches ist warm. Achtzehn Jahre alt könnte er werden. Bei Tagesanbruch kommt der Fisch zur Wasseroberfläche, um zu jagen. Das war die Stunde der Fischer. Für den Thunfischfang bauten sie eigene Segelschiffe. Elegant wirkende, wendige und schnelle Zweimaster mit großen Segeln und breiten Stangen für die Netze. Gleichzeitig wurden Konservenfabriken errichtet, um das Fleisch des *Thon* zu konservieren. Das Meer forderte seine Opfer. Viele Fischer kehrten vom Fischfang nicht zurück. Auf dem Friedhof steht ein Gedenkstein für sie. Nach dem Krieg war die Thunfischzeit vorbei. Andere hatten bereits motorisierte Flotten. Die Achtung vor den Fischen blieb. Auf dem Kirchturm schwimmt noch immer ein Thunfisch statt des Wetterhahns im Wind. Heuer kommen die Thunfische gar nicht zur bretonischen Küste. Das Wasser ist zu warm.

– Es ist nicht warm. Es ist heiß, sagte der Bub. Es ist so heiß, dass ich fast keinen Schatten mehr habe.

– Am Nachmittag wird dein Schatten wieder wachsen, sagte sie.

– Ich sehe gar keinen Schatten, maulte das Mädchen, warum müssen wir bei der größten Hitze diese steile Straße hinaufgehen, warum haben wir das Gepäck nicht im Hafen gelassen? Wohin gehen wir eigentlich?

– Wir haben keinen Schatten, weil die Sonne bei dieser Hitze nicht arbeiten will, sagte der Bub, ich will auch nicht mehr arbeiten.

Er setzte sich auf seinen Koffer.

– Oben bei der Kirche gibt es bestimmt ein Café, sagte sie, dort rasten wir.

– Ich geh nicht weiter, sagte der Bub.

– Ich auch nicht, sagte das Mädchen.

– Ich möchte nicht in der prallen Sonne stehen bleiben, sagte sie, kommt jetzt endlich. Wenn euch die Ferien mit mir zu anstrengend sind, fahrt ihr im nächsten Sommer ins Ferienlager.

– Warum ins Ferienlager, sagte der Bub, mit dem Papa fahren wir in die Ferien, wir fahren nur mehr mit dem Papa fort, ich sag es ihm, dass wir die ganzen Ferien Koffer schleppen mussten, dass wir kein Eis bekommen, dass du Zeitungen liest und Wein trinkst.

Sie war wieder gestolpert. Im letzten Moment fand sie die Balance. Jetzt schmerzte auch der Knöchel. Sie biss sich auf die Lippen, um den Ärger und den Schmerz zu unterdrücken.

– Du hast schon wieder ein Ameisengesicht, sagte das Mädchen.

– Ameisengesicht, Ameisengesicht, spottete der Bub.

Die Insel hatte sich gegen sie verschworen. Sie schien sich vorgenommen zu haben, sie bei erster Gelegenheit abzuwerfen. Eine unbarmherzige Sonne verbrannte Schultern und Gesicht. Die Türen vor ihnen öffneten sich nur einen kleinen Spalt, als sollte auch die Luft am Eindringen gehindert werden. Nein leider, wir sind komplett. Nein, ich weiß nicht, ob noch jemand Zimmer vermietet, die sind alle voll, jetzt im Sommer. Auch der Kirchplatz war menschenleer. Das Café der Buchhandlung hatte Mittagspause, die Pizzeria bereits geschlossen, und in die *Crêperie*, in der noch Gäste bei einer Flasche *Cidre* saßen, ließ man sie nicht mehr hinein. Die Kellnerin wollte ihnen auch nichts über die Gasse verkaufen. Am Abend kommen Sie, am Abend haben wir wieder geöffnet, sagte das Mädchen und drängte sie höflich, aber bestimmt zur Tür.

– Ah, *Madame Autrichienne*, sagte Monsieur Maurice. Ich freue mich, dass Sie mich anrufen. Ich kann Ihnen helfen?

– Ja, wir benötigen Hilfe. Könnten wir das Gepäck bei Ihnen einstellen, bis wir ein Zimmer gefunden haben?

– Aber sicherlich, kein Problem, Madame. In unserem Ferienhaus ist Platz genug. Ich habe meiner Frau und den Kindern von Ihnen erzählt.

Die Motorsäge schnitt ins Holz. Sie schnitt in den gekrümmten Stamm der Mispel. Im Frühling Bienentosen in weißer Blütengischt, im Herbst Fruchtregen nach dem Blätterfall. Die runden, prallen Früchte erst genießbar nach dem Frost. Würzige Säure in braunem Fleisch zwischen Lederhaut und großen, harten Kernen.

Die Insel war vor 400 Millionen Jahren aus dem Meer getrieben worden, als zwei Platten der Erdkruste kollidierten. An der Oberfläche der Insel fanden sich Mineralien, die es sonst nur tief im

Erdinneren gab. Die Kinder interessierten sich nicht besonders für die schematische Darstellung von erstarrtem Magma, für die Faltung von Gesteinsschichten, für das Entstehen von neuem Gestein unter großem Druck und Hitze. Im *maison de la réserve naturelle* drückten sie desinteressiert Knöpfe, um rote Lämpchen leuchten zu sehen. Sie waren ungeduldig, wollten sofort hinaus, um den roten Granatsand, die grün-blauen Glaukophanschichten, die glänzenden Quarzadern, die schwarzen Pyriteinlagerungen, Rutilnadeln und silbernen Glimmerplatten mit eigenen Händen zu fühlen. Aber derjenige, der genaue Auskunft über das Naturschutzgebiet hätte geben können, telefonierte und kritzelte blaue Wellen auf die Schreibunterlage. Natürlich möchten wir weitermachen. Es liegt an der Regierung und an der EU. Wir haben noch keine Nachricht. Wir wissen nicht, ob das Forschungsprojekt akzeptiert wird. Nein, wir haben keine Sponsoren … Der Mann hatte feste Oberarme, der Schwung des Bizeps ging über in den sanften Bogen des Schlüsselbeins auf der gebräunten Haut. Er trug ein ärmelloses T-Shirt, das die Wölbung trainierter Brustmuskeln erkennen ließ. Dunkle Haare rollten sich in den Achseln. Die Finger, die mit dem Kugelschreiber spielten, waren schlank und lang. Sie konnte sich nicht erinnern, jemals einen Mann auf diese Weise angesehen zu haben. Sie wusste auch nicht mehr, ob sie beim Anblick eines Mannes einmal ein derartig heftiges Verlangen gespürt hatte. Wenn, dann musste es lange vor den Kindern in der anderen Zeit gewesen sein. Der Mann spürte, dass sie ihn betrachtete, und lächelte ihr zu. Als er das Telefongespräch beendet hatte, stand er auf und kam zu ihr.

Bonjour Madame. Bei diesem Wetter nicht im Wasser? Er stand so nah bei ihr, dass sie ihn riechen konnte und seinen Atem spüren. Der Geruch war nicht unangenehm. Sie machen mit mir einen Rundgang durch das Reservat? Sind das Ihre Kinder? Er beobachtete sie, wie sie in Glaskästen gefüllte Sandschichten kommentierten, und lächelte. Morgen, sagte er, morgen wandern wir, morgen Nachmittag ist die Ebbe günstig. Aber meine Führungen sind für Erwachsene, ich bin Geologe. Wir sehen Steine und lesen daraus die Geschichte der Erde. Kindern wird dabei meist langweilig. Wir werden sehen. Ich freue mich, wenn Sie morgen mitkommen.

Er sah sie an und lächelte. Dann nahm er ihre Hand. Seine Hand war so feucht wie die ihre. Es ist zu heiß, hatte der Mann gesagt, das ist nicht gut für unsere *palmure*. Sie hatte ihm beigepflichtet. Der Mann hieß Raoul. Sie hatten einen Treffpunkt für die Führung vereinbart. Sie hatte ihm einige Ansichtskarten abgekauft. Seltene Möwenarten, Algen im Sand, Heidekraut und Stechginster, Steine. Karten, die sie nicht abschicken würde. Sie blätterte im Wörterbuch. *Palmure* hieß Schwimmhaut. Sie wusste nicht, ob sie den Mann richtig verstanden hatte.

Vier Kilometer waren es bis zum Naturschutzgebiet an der Küste. Die Kinder wollten die Führung nicht abwarten, sondern sofort losziehen. Einwände ließen sie nicht gelten. Die Begeisterung der Kinder rührte sie. Ein Marsch in erbarmungsloser Hitze stand ihnen bevor. Raoul hatte ihnen eine Karte gegeben und einige Stellen eingezeichnet. *Pointe des Chats, Trou de l'Enfer*, Höllenloch, *Sables Rouges*, roter Sand. Sie wanderten über dürre Stoppelfelder. Schlehen mit reifblauen Früchten gaben den weiten braunen Flächen Struktur, und Brombeerhecken mit sonnenwarmen Beeren. Jemand schien Stanniolpapier auf der trockenen Erde verstreut zu haben. Es waren Steine, die in der Sonne glimmerten und glänzten.

– Ist das Silber?

– Nein, das ist Katzengold. Silikat.

Die Kinder füllten sich die Taschen.

– Lasst doch die Steine, müsst ihr immer alles einstecken und mitnehmen?

Die Kinder hörten nicht auf sie.

– Es sieht doch niemand, sagte der Bub.

Der Bub hob einen flachen Stein auf, nahm Maß und zielte auf ihr Schienbein.

– Siehst du, es sieht niemand.

– Gehst du morgen mit dem Mann zu den Steinen?, fragte das Mädchen.

– Wir alle gehen mit Raoul zu den Steinen. Und zu den Vögeln. Es gibt hier seltene Möwenarten, Kormorane und große Raben.

– Ich will keine Führung, sagte das Mädchen. Warum gehen wir nicht an den Strand?

– Ich will auch keine Führung, maulte der Bub, Raoul wird es uns nicht erlauben, Steine mitzunehmen.

– Dann geht morgen Nachmittag mit den Kindern von Monsieur Soukop schwimmen, und ich treffe mich allein mit Raoul.

– Das erlaube ich nicht, sagte das Mädchen.

Trotz Karte hatte sie den falschen Weg eingeschlagen. Statt nach *Keranpoulo* waren sie Richtung *Kerrohet* unterwegs. Zusätzliche leere Kilometer. Sie ließ sich nichts anmerken. Niemand hatte daran gedacht, Wasser mit auf den Weg zu nehmen. Ihre Füße brannten, die große Zehe tobte und der Knöchel schmerzte. Die Begeisterung der Kinder für seltene Mineralien war verflogen. Sie hatten Durst. Die Brombeeren waren sauer, die Schlehen herb. Sie standen in einer ausgedörrten Landschaft, am Horizont ein kleiner weißer Weiler, und dahinter lag ihr Ziel, das Meer. Die Kinder wussten nicht, dass sie dann vom Naturschutzgebiet noch einige Kilometer Küstenweg trennten. Aber sie wussten, dass sie eine Mutter hatten, die für Abwechslung sorgen würde. Das Mädchen tanzte vor ihren Füßen herum, hinderte sie am Weitergehen und schnitt Grimassen. Der Bub schlich sich von hinten an, stach ihr seine Zeigefinger zwischen die Rippen und wieherte vor Vergnügen, weil sie zusammenzuckte. Dann nahm er Anlauf und versuchte, auf ihren Rücken zu springen. Als er es geschafft hatte, hängte er sich an ihren Hals und schrie: Hü, ich bin dein Reiter, hopp, hopp, hopp.

– Ich will auch, sagte das Mädchen und zerrte am Bruder.

– Schluss jetzt, sagte sie.

Die Kinder hörten nicht. Auf den nächsten Sprung war sie nicht vorbereitet. Sie verlor das Gleichgewicht. Zu dritt gingen sie zu Boden. Die Kinder wälzten sich lachend im Staub.

– Noch einmal!

Sie rieb sich ihren Knöchel. Die Zehe blutete wieder. Die Kinder waren erst zum Weitergehen zu überreden, als sie sich bereit erklärte, die Steine zu tragen. Ihre Badehaube, Schwimmsachen, Portemonnaie, Karten und Fotoapparat schleuderte der Bub auf den Acker und füllte die Umhängtasche mit vielen glänzenden Steinen.

Unter ihnen lag der *Plages des Sables Rouges*. Der rote Granatsand war an bestimmten Stellen angeschwemmt und zeigte den Verlauf der Strömung, wie sie unentwegt an Land züngelte. Noch war Flut und der Strand nur vom Wasser aus zu erreichen. Zwei junge Männer, die die Klippen entlang zum leeren Strand geschnorchelt waren, gingen an Land. Sie schauten den Hang herauf zu ihnen und riefen etwas, das sie nicht verstand. Die Burschen sahen sich an. Dann begannen sie mit ihren Füßen große Buchstaben in den Sand zu schreiben. Sie arbeiteten synchron. Einer links, einer rechts in einem bestimmten Rhythmus. Als sie fertig waren, blickten sie wieder zu ihr hinauf. *PUTE* stand im lodernden Sand und *SALOPE*. *Salope* kannte das Wörterbuch. Es bedeutete *Schlampe*. Das Wort *Pute* kannte sie. Sie trieb die Kinder hastig weiter. Sie protestierten, weil sie ihnen nicht sagen konnte, was da im Sand geschrieben stand.

Endlich waren sie am Wasser. Die Strapazen hatten sich gelohnt. Der Küstenabschnitt des Naturschutzgebietes mit seinen Silikatschichten flirrte im Sonnenlicht. Der Schotter der Bucht bestand aus blauen, grünen und silbernen Steinen mit Einschlüssen von rotem Granat und dunkel glänzendem Pyrit. Ein breites Quarzband mit symmetrischen Linien zog sich über die Bucht. Das Wasser kräuselte sich an den in blauen und grünen Wellen gepressten Schichten des Glaukophans. Die Kinder waren vorausgelaufen. Steinreich sind wir, schrie der Bub. In jeder Bucht wurde der Schotter feiner, bis er im letzten Abschnitt als Sand an den Strand gespült wurde. Schwarze, rote und weiße Flammen. Sie hatte das Gefühl, endlich angekommen zu sein, und ließ sich fallen. Sie spürte, wie der feuchte Sand unter ihr nachgab und sich sanft um die schmerzenden Füße legte. Sie lag gut im Sand und wollte liegen bleiben. Endlich liegen bleiben. Dem Meer zuhören, und eins werden mit ihm.

– Mama, rief das Mädchen aufgeregt, hier ist das Wasser ganz rot. Was ist das?

– Ist ein totes Tier im Wasser?

– Nein!

– Siehst du ein Abflussrohr?

– Nein!

– Siehst du Algen?

– Nein!

– Dann ist es Nixenblut.

– Nixenblut?

– Das wisst ihr nicht?

Es war Herbst, und ein junger Fischer rüstete sein Boot, um als Späher nach den Thunfischschwärmen Ausschau zu halten. Er stieß sich ab vom Ufer. Als er so weit hinausgerudert war, dass die Küste nur mehr ein schwarzer Strich war, hörte er einen seltsamen Gesang. Eine helle Stimme sang ein Lied in einer Sprache, die der Fischer nicht verstand, der Melodie nach war es ein trauriges Lied. Der Fischer folgte dem Klang. Plötzlich tauchte vor ihm ein Riff im Wasser auf. Auf dem Riff saß eine Frau mit wunderschönen langen Haaren. Sie sang. Rund um sie streckten Thunfische ihre silbernen Köpfe aus dem Wasser und wiegten sich mit den Wellen im Takt. Die Fische weinten. Neben der Frau auf dem Felsen lag eine Kappe aus Muscheln und Algen. Da wusste der Fischer, dass er eine Wasserfrau gefunden hatte. Wasserfrauen erkennt ihr daran, dass sie eine Kappe dabei haben. Mit ihr können sie unter Wasser atmen. Manche haben auch rote Schwimmhäute zwischen den Zehen. Als die Fische den Fischer bemerkten, stoben sie davon. Die Wasserfrau blieb sitzen und sah dem Fischer neugierig entgegen. Der Fischer hatte gehört, dass Wasserfrauen tüchtige Ehefrauen sind. Außerdem kennen sie das Meer und können so vor manchem Schiffbruch bewahren. Der Fischer fragte nicht lange. Er packte die Wasserfrau mit ihrer Kappe und brachte sie in sein Haus. Die Kappe versteckte er im Keller. Die Wasserfrau gebar dem Fischer zwei Kinder und führte den Haushalt. Sie war sehr tüchtig. An den Fenstern blitzten selbst gemachte Spitzenvorhänge, die Tür war blau gestrichen, im Haus lagen selbst gewebte blaue Teppiche, aus Algen konnte sie die besten

Speisen kochen. Da fiel es nicht sonderlich ins Gewicht, dass sie stumm blieb, dass sie sich weigerte, dem Fischer beim Flicken der Netze zu helfen und dass sie oft schmerzende Beine hatte, so dass sie kaum ins Dorf kam und sehr zurückgezogen lebte. Eines Tages trug es sich zu, dass die Fischer vom Fischfang nicht zur vereinbarten Zeit zurückkehrten. Die Frauen versammelten sich unten am Strand, um Ausschau nach ihren Ehemännern zu halten. Nur die Wasserfrau blieb ruhig und unbesorgt. Aber die Erdäpfel gingen ihr aus. Bisher hatte immer der Mann Nachschub aus dem Keller geholt. Heute ging die Wasserfrau. An einem Haken sah sie ihre Haube hängen. Sie blieb lange im Keller, die Haube zwischen den Händen drehend. Dann setzte sie sich die Haube auf und ging hinauf. Sie küsste die Kinder, die beim Tisch saßen und Seegras für die Suppe schnitten. Sie humpelte zum Strand. Die Kinder spürten, dass mit ihrer Mutter etwas nicht stimmte, und liefen ihr nach. Die Wasserfrau ging an den wartenden Ehefrauen vorbei ins Wasser. Mutter, bleib stehen, schrien die Kinder. Die Wasserfrau stand bereits bis zur Hüfte im Wasser. Sie drehte sich um und schaute die Kinder an. Zuerst sah es aus, als würde sie umkehren. Aber dann fischte sie ein Blatt Fingertang aus dem Wasser, band sich damit die Haube fest und warf den Kindern einen letzten Kuss zu. Sie köpfelte in die Wellen und war weg. Kurze Zeit später kamen die Fischer in ihren Booten. Sie hatten reichen Fang gemacht. Sie wirkten sehr benommen und erzählten, dass sie einen schrecklich traurigen Gesang gehört hatten, als sie sich der Küste näherten. Von diesem Tag an aßen die Kinder keine Fische mehr. Sie hatten Angst, einen ihrer Verwandten zu verspeisen.

– Gehst du auch wieder zurück ins Wasser?, fragte das Mädchen

– Ihr esst doch schon jetzt keine Fische mehr, sagte sie.

– In dieser Geschichte kommt kein Nixenblut vor, sagte der Bub.

– Da gibt es noch eine zweite Geschichte, sagte sie, und ich habe das Gefühl, da gibt es einen Zusammenhang.

Die Fischer blieben oft tagelang auf dem Meer. Die Arbeit daheim erledigten die Frauen. Sie sorgten für die Kinder und für die Alten, sie bestellten die Felder, versorgten das Vieh, ernteten Tang, um damit die Felder zu düngen, und suchten nach Holz für das Feuer, und wenn sie keines fanden, trockneten sie Kuhfladen, um Brennstoff zu haben. Die Frauen waren gewohnt, selbstständig zu arbeiten, und weil sie den Wert ihrer Arbeit kannten, ließen sie sich von niemandem etwas erzählen. Die Insel wurde deshalb am Festland auch die Insel der Hexen genannt, aber das ist eine andere Geschichte. Uns geht es um Folgendes: Eine Fischersfrau rückte aus, um bei Pen Men Algen zu ernten. Weil alle Familienangehörigen außer Haus waren, nahm sie ihre kleine Tochter in einem Korb zur Arbeit mit. Sie stellte den Korb in sicherem Abstand zum Meer in eine Felsnische und schärfte dem Kind ein, die Nische nicht zu verlassen. Ihr wisst, wie Kinder sind. Sie hören nicht auf die Mutter. Der Kleinen wurde bald langweilig, sie kletterte von der Nische herunter und stapfte zum Strand. Die Mutter stand auf der anderen Seite der Bucht im Wasser und stach Algen aus dem Meeresboden. Plötzlich lag ein sirrender Ton über dem Wasser, als hätte jemand das Meer in klingende Schwingungen versetzt. Eine Wasserfrau tauchte aus dem Wasser auf und planschte am Strand. Da war es schon zu spät. Die Frau sah mit an, wie sich die Sirene eine Muschelkette vom Hals nahm, das Kind mit wasserheller Stimme lockte, ihm die Kette umlegte und mit dem Kind in den Fluten verschwand. Die geschockte Mutter warf sich sofort ins Wasser. Weil aber Fischersleute nicht besonders gut schwimmen konnten, musste sie ihre Suche bald abbrechen. Das Dorf war in Aufruhr. Mehr als zehn Jahre hatte es keine Begegnung mehr mit Wasserwesen aus der anderen Welt gegeben. Zuletzt war die Frau des

Fischers ins Meer zurückgekehrt. Auf Groix war noch nie ein Kind von einer Sirene geraubt worden. Aber es gab Erzählungen von fremden Fischern aus weit entlegenen Gebieten, wonach Sirenen unersättlich sein konnten. Bei einer Kanne Kaffee ersannen die Männer einen Plan. Am nächsten Tag kam die Frau hierher, an die Bucht von Locmaria, um Algen zu ernten. Wieder trug sie einen Korb. In dem Korb lag eine Puppe. Den Korb stellte sie auf einen Felsen, ganz nah zum Wasser. Die Puppe lag auf einem Leinensack, in den sie eine Katze gesteckt hatten. Die Katze versuchte verzweifelt, sich aus dem Gefängnis zu befreien. Von außen sah es aus, als würde ein Säugling mit Ärmchen und Beinchen in der Luft rudern. Die Frau entfernte sich vom Korb, um Algen zu sammeln. Es dauerte nicht lange. Wieder tönte das Meer. Die Wasserfrau kam an den Strand geschwommen und steuerte zuerst auf die Fischersfrau zu, als wollte sie ihr etwas sagen. Dann sah sie den Korb und wie es strampelte in ihm. Sie schwamm zum Felsen und stemmte sich hoch. In diesem Augenblick stürzten die Männer hinter den Klippen hervor und stachen zu, mit Harpunen, Spießen und Haken, mit denen sie sonst Thunfische ins Boot zogen. Andere schlugen mit Schaufeln und Stöcken auf die Wasserfrau ein. Nach einer Schrecksekunde stieß sie einen markerschütternden Schrei aus, der das Meer grollen und die Männer erstarren ließ. Dann tauchte sie weg ins Meer, das plötzlich unruhig geworden war. Im aufkeimenden Sturm hörte die Fischersfrau ein Kind weinen, ihr Kind. Die Nixe hatte es draußen, an den äußersten Klippen von Les Saisies, abgesetzt. Diese Felsen waren über das immer wütender werdende Meer nicht mehr zu erreichen. So kletterte sie mit bloßen Füßen auf das Riff hinaus, sie zerschnitt sich die Fußsohlen und stieß sich die Zehen blutig, aber es gelang ihr, das Mädchen vor den tobenden Wellen zu retten. Das Kind trug die Muschelkette um den Hals und dazu noch einige Granat- und Perlenketten. Schweigend kehrten die Fischer heim. Die Wunden an den Füßen der Fischersfrau verheilten nicht. Die Frau wurde schweigsam. Manchmal schleppte sie sich an den Strand, sah hinaus aufs Meer und wartete. Nur das Morgengrauen zeigte sich. Noch immer speien die Wellen hellrotes Nixenblut an den Strand.

Die Motorsäge traf auf Stein. Es war umgeschnitten, was umgeschnitten werden musste. Feuerbusch. Feuerdorn, Weißdorn, Rotdorn, Hahnendorn. Vogelbeere. Mehlbeere. Elsbeere. Speierling. Keine Zierhölzer mehr. Keine Wirtspflanzen für den Feuerbrand. Sperrzonen für Bienen und Vögel. Neubeginn mit resistenten Pflanzen in einem stummen, skalpierten Land.

Raoul legte ihr sonnenwarme Steine auf den Bauch. Sein Geruch hüllte sie ein. Nach Salz roch er, nach Algen und einer Spur Geißblatt. Noch nie hatte ihr jemand die Zehen geküsst. Sie lag gut im Sand. So würde sie liegen bleiben, bis sein Atem sie traf, sein Mund und die Finger. Sie würde sich formen lassen und neu entdecken. Sie würde mit Raoul vordringen in unerforschte Tiefen, bis zum Grund des Meeres und weiter, die Erdkruste durchstoßen und der kochenden Glut nahe sein.

Feuersteine explodierten, die Spritzer trafen sie unvermittelt. Zu schnell war sie zur Oberfläche aufgetaucht. Jetzt raste das Herz. Übermütiges Gelächter. Der Bub hatte sich angeschlichen und ihr eine Badekappenladung Meerwasser ins Gesicht geschüttet. Sie schlug nach dem Sohn.

– Warum tut ihr das, schrie sie die Kinder an, warum erschreckt ihr mich, warum lasst ihr mich nicht in Ruhe?

– Du warst schon wieder ganz weit weg mit deinem Kopf, sagte der Sohn, noch immer lachend und zufrieden mit der erzielten Reaktion.

– Darf ich das nicht?

– Nein, du musst hier bleiben, bei uns.

Ein sirrender Ton lag in der Luft. Jemand hatte das Meer in klingende Schwingungen versetzt. Sie schrie. Sie schrie. Sie schrie.

Sie schrie sich weg von den Kindern, weg von den nassen Kleidern und brennenden Füßen. Sie schrie sich heraus aus den Ehejahren und fort von der Motorsäge und dem stummen, skalpierten Land. Sie schrie sich hinein in die erstarrten Wellen des blauen Gesteins und hinaus aufs Meer zu den silbernen Thunfischschwärmen. Sie schrie, bis sie ruhig wurde beim Schreien und leicht und das Schreien sie trug. Sie hatte ihre Sprache wieder gefunden. Sie schrie und schrie und hörte auch nicht auf, als das Meer Blütenwolken über den Himmel trieb und aus der Gischt eine Meerfrau neugierig zu ihr herübersah.

Chill out

Mein Mondbein stirbt. Vor drei Tagen habe ich nicht gewusst, dass ich ein Mondbein habe. Man hat es mir auf den Bildern gezeigt und dann mitgeteilt, dass es sterben wird. Absterben. Das Mondbein ist der dunkle, sichelförmige Fleck auf dem Röntgenbild oberhalb des Handgelenks. Der Fleck sollte hell sein. Er sitzt auch nicht mehr richtig. Die letzten Monate wurde ich auf Sehnenscheidenentzündung behandelt. Jetzt heißt es Mondbeintod. Sie fragen mich, warum ich nicht früher gekommen bin.

In mein eigenes Leben bin ich noch nie rechtzeitig gekommen. Ich bin immer zu spät dran. Als ich auf die Welt kam, war der Vater schon weg. So ging es weiter. Eine ehemalige Zeichenlehrerin, die ich zufällig im Autobus getroffen habe, schwärmte, dass ich eine ihrer Besten war und unbedingt etwas machen muss aus meinem Talent. Da habe ich längst in der Brillenfabrik gearbeitet und nicht mehr nachgedacht über Farbgestaltung, Pinselstrich und räumliche Darstellung, sondern Brillenfassungen zusammengeschraubt. Ich habe mich abgefunden damit, dass ich bei den Männern keine gute Hand habe und immer den Kürzeren ziehe. Beim Zigarettenholen lerne ich einen Mann kennen, und ich weiß sofort, der ist es. Drei Tage kommen wir nicht aus dem Bett heraus, dann schlägt er eine Fahrt auf den Pöstlingberg vor. Oben lädt er mich ein zu einer Runde Grottenbahn. Wir gehen zuerst zur Aussichtsrampe. Die Berge sind ganz nah. Es ist föhnig und die Stadt unter uns wie aus dem Baukasten. Ich suche das Haus in der Berggasse. Wo wohnst du?, frage ich ihn.

Er sagt mir, wir hätten uns früher kennen lernen sollen, seine Freundin ist schwanger. Es hängt viel dran an dem Mondbein. Das Mondbein überträgt die Kraft von der Hand auf den Unterarm, auf Elle und Speiche. Bei mir ist statt der Kraft ein Schmerz, als ob die Sehnen über blanke Knochen scheuern.

Dabei hätten wir Grund zum Feiern. Die Straße ist gesperrt. Wir können uns zwar nicht hinuntersetzen, weil es regnet. Es regnet schon die zweite Woche. Aber es ist ruhig. Ich öffne die Fenster und höre nichts anderes als das Rauschen. Der Regen rauscht, die nassen Blätter im Nussbaum rauschen, die Donau rauscht. Die Schiffe fahren seit Tagen nicht mehr. Im Frühjahr ist die Straße gesperrt, wenn die Frostschäden beseitigt werden. Das Eis im Winter frisst sich in die Urfahrwänd, und wenn es taut, sitzen die Felsbrocken locker. Eine Katastrophe, wenn sie auf die Straße poltern. Deshalb wird die Straße gesperrt und die Felswand ausgeputzt. Der Schneckenkönig und ich stellen den Campingtisch auf die Straße, zwei Klappsessel, wir machen uns Musik, trinken Bier, hören den Stromgitarren zu und strecken die Füße aus. Die Straße gehört uns. Das Jahr über nimmt sie uns alles. Die Ruhe, die Luft, den Schlaf. Es beginnt gegen vier in der Früh und hört in der Nacht auch nicht richtig auf. Oft stehe ich am Gehsteig, weil ich nicht über die Straße komme, und schaue, wer da hinter den Windschutzscheiben sitzt. Abwesende Gesichter, stumpfe Augen. Sie haben ein anderes Ziel und nehmen nichts wahr außer den Bremslichtern vor ihnen und ein paar Verkehrszeichen. So rollen sie durch die Rudolfstraße und ärgern sich, wenn die Ampel auf rot schaltet und sie zum Stehen kommen in einer Straße, von der sie sagen, da möchte ich nicht wohnen. Oder sie fahren gleich die Donau entlang, ein gelber Glühfaden fädelt sich morgens unter der Nibelungenbrücke durch zum Abstellplatz auf dem Jahrmarktsgelände. Zurück bleibt der Blechpanzer, und am Abend kriecht die Schlange wieder durch die Rudolfstraße stadtauswärts. Schon lange wird von einer weiteren Donaubrücke geredet. Wenn die Brücke gebaut ist, führen die Zubringer an Schlafzimmerfenstern von Leuten wie mir vorbei. Nie staut sich der Verkehr durch ein Villenviertel.

Selbst bei Sonnenschein könnten wir den Tisch nicht hinunter auf die Straße stellen, weil das Wasser kommt. Die Straße ist bereits stellenweise überschwemmt. Das Wasser steigt. Nichts geht mehr. Keine Eisenbahn, keine Autobusse, keine Autos. Jetzt bleiben die Häuselbauer und Reihenhausbesitzer daheim in ihren schmucken Häusern mit den geschorenen Rasen und dornigen Hecken. Auch im Mühlviertel sind die Flüsse und Bäche über die Ufer getreten. Überschwemmung überall. Wer unbedingt in die Stadt fahren muss, kommt nur von hinten über den Berg herein. Die Rudolfstraße ist verändert. Sie wirkt breit und stattlich. Man sieht es ihr an, dass sie einmal eine Prachtstraße war, bevor sie zum Korridor für Pendler und Schwerverkehr verkommen ist. Da und dort ist ein schmiedeeiserner Balkon zu sehen, eine Geschäftsaufschrift, die Einfahrt zu einer Werkstatt. Aber niemand stellt Pflanzen auf den Balkon, die Geschäftsaufschrift ist verblasst, die Einfahrt zur aufgelassenen Werkstatt zugeparkt. Das letzte Lebensmittelgeschäft betreibt ein Türke, und sogar er stellt seine Orangenpyramiden und Melanzanikisten hinten im Hof aus. Hier, in diesem Abschnitt der Straße, wohnen viele, denen keine andere Wahl bleibt. Sie wohnen im Frauenhaus, im Flüchtlingsheim, in der Startwohnung für Obdachlose, und sind ebenfalls nur auf Durchzug.

Auch der Schneckenkönig will weg. Er möchte mit mir um eine Gemeindewohnung ansuchen. Ich will nicht weg. Ich wohne schon zu lange hier. Viele meiner Träume und Wünsche habe ich hier abgelegt oder in den Wind geblasen wie die weißen Fallschirme des Löwenzahns. Wenn ich durch die Gassen zur Donau hinuntergehe, habe ich das Gefühl, sie schweben neben mir, sie begleiten mich ein Stück, und es liegt nur an mir, dass ich nach ihnen greife und sie wieder einen festen Platz haben. Meine Zeit mit dem Indienreisenden habe ich in der Fischergasse zurückgelassen. Eine kleine Zweizimmerwohnung im Erdgeschoß. Die Hüllen der Schallplatten quollen auf, wenn sie länger an der Mauer lehnten. Ein Maler hat die Räume vor mir als Atelier, besser gesagt, als Lagerraum benutzt. Viel Tageslicht war da nicht zum Malen. Die Wohnung war eine Höhle mit Polstern und Matratzen auf dem Teppich, einer lackierten Obstkiste als Tisch, kein Sessel, in einer Ecke die Wasserpfeife, in einer anderen die Gitarre. *Ich bin unterwegs nach Süden und will weiter bis ans Meer.* Der Indienreisende hatte mir von seinen Reisen einen Wolfspelz mitgebracht, eine Schakaljacke mit räudigem Ärmel und einem Loch im Fell. Ein Bauer aus dem Kaschmir habe den angreifenden Wolf mit einer Mistgabel abgewehrt, bis sein Sohn mit dem Gewehr gekommen sei. Deshalb das Loch, erzählte der Indienreisende, und ich war stolz auf die Jacke. In ihr fühlte ich mich wild und frei wie der

Schakal aus dem fernen Land. Mit breiten Schultern lief ich durch die Landstraße und wusste, dass ich stark bin. Der Indienreisende wollte, dass ich mit ihm auf dem Landweg nach Indien trampe. Ich blieb und wartete nicht auf ihn. Er blieb auf der Fährte seiner Freiheit, bis er nicht mehr weiter konnte. Die Route über den Iran und Afghanistan war gesperrt. Der Zoll behielt seine Teppiche ein, an den Seidentüchern, Stoffen, Silberringen und indischen Röcken war in Linz niemand mehr interessiert. Es gab inzwischen genug Geschäfte. Hier war die Zeit schneller geworden. Die Daheimgebliebenen hatten sich arrangiert. Wir gingen längst einer geregelten Arbeit nach oder auf die Universität. Boom Shankar war nicht mehr so wichtig. Bier tat es auch. Als dem Indienreisenden bewusst geworden war, dass er den Absprung aus Linz nicht mehr schaffen würde, brachte er sich um. Der Wolf ist mein einziger Pelz geblieben. *Und wenn der Wind mir fetzenweise meine alte, tote Haut vom Rücken fegt, als weiße Asche steh ich auf und bin gesund.* Die Schallplatten aus der Fischergassenzeit sind schon lange verloren gegangen. Aus einem Winkel der Erinnerung tauchen manchmal Lieder mit einem vergessenen Traum auf und verschwinden wieder.

Das Wasser kam in der Fischergasse bis zum Fensterbrett. Im Keller hatten wir es oft. Die Wände sogen die Nässe auf wie ein Schwamm. Nichts half. Im Sommer heizen, lüften, Teebaumöl oder Chemie, die Schimmelflecken blieben mir und der Geruch nach feuchtem Verputz. Er kroch in die Kleider, in die Bettwäsche und ins Haar, auch Sandelholz und Patschuli kamen dagegen nicht an. Ich konnte mich nicht mehr riechen. Der Geruch der Armut hat Nuancen. Kalter Rauch kann dabei sein, ein schlechter Zahn, ungelüftete Räume, Kleiderschweiß, Haarfett, aber Basisnote bleibt für mich der Geruch nach feuchter Mauer. Dunkel erinnere ich mich, dass ich als Kind mit meiner Großmutter manchmal eine Großtante besucht habe. Sie wohnte in einem baufälligen Haus im Zentrum, über das sich längst die Spitzhacke hergemacht hat. Der Mauergeruch hing in der Wohnküche, und in den Ecken lauerten gesprenkelte Schimmelflecken. Die Tante trug ein blauschwarz glänzendes Hauskleid aus dickem Stoff und sah mit ihrem hochgesteckten weißen Haarzopf vornehm aus. Sie kochte uns einen Linde-Kaffee, ich bekam den weißen Plastikindianer, der in der Packung steckte. Meine Großmutter hatte Kuchen mitgebracht. Ich saß auf der Bettbank, und die Tischplatte war in Nasenhöhe. Mich irritierte ein merkwürdiges Fiepen, hoch und aufgeregt und mehrstimmig, das draußen vom Gang kam. Was ist das, fragte ich die Großmutter, die mein hartnäckiges Fragen gerne überhören wollte.

Sie fühlte sich unbehaglich und sah Hilfe suchend zu ihrer Schwester. Die Tante schaute mich an, ich weiß noch, dass sie mir den Kragen richtete, während sie mit mir redete.

– Das sind Ratten. Sie pfeifen auf dem Abort. So ist das bei den armen Leuten.

Meine Großtante war eine Waschfrau und hatte in ihrer Jugend noch im Bach geschwemmt. Geblieben waren ihr davon aufgesprungene, rote Hände mit Knotenfingern und entzündete Eierstöcke. Durch das kalte Wasser war alles chronisch geworden. Mit vierundzwanzig wusste sie, dass es für sie kein Kinderkriegen gab. Das war den Bach hinunter.

Das Haus in der Fischergasse wurde renoviert, bis sogar der Grundriss verändert war. Dachbodenausbau, Wohnungszusammenlegung, Trockenlegung, Wärmedämmung, Lift, Garage. Sie machten mit dem Haus, was man mit einem Haus machen kann, wenn Geld da ist. Und Geld war da. Es gab genug Leute, die sich das Wohnen an der Donau etwas kosten lassen wollten, wenn die Rattenburgen verschwanden. Jetzt stellen Hausparteien in meiner ehemaligen Wohnung, in der wir mit der Gitarre unterwegs nach Süden waren, Fahrräder und Kinderwägen ab.

Im Tal war es weniger feucht. Die schmale Gasse stößt auf die höher gelegene Rudolfstraße. Der

Verkehr donnerte an den Fenstern im ersten Stockwerk vorbei. Bei schweren LKWs sprang die Nadel des Plattenspielers, sonst klirrten Gläser und Bierflaschen, und die Fensterbank war trotz geschlossener Fenster immer rußig. Der Lärm hatte auch Vorteile. Im Schlafzimmer stand ein Schlagzeug der Marke Ludwig mit Becken und Fußtrommel, und der Schlagzeuger übte verbissen mit einem Metronom und mit offenem Mund. Einmal in der Woche stellte sich der Schlagzeuger den Wecker, um im Morgengrauen mit dem Fahrrad zum Versandhaus zu fahren. Dort verteilte er Flugblätter. Die Arbeiterinnen, die meisten kamen mit Bussen aus dem Mühlviertel, machten einen Bogen um ihn, wenn sie ihn stehen sahen. Der Schlagzeuger gab schließlich auf. Mit mir sprach er wenig über Politik, dazu ging er in seine Sektion. Was willst du?, hätte ich ihm gesagt, weil ich es gewusst habe. Die Leute wollen sich nicht befreien lassen und auch nicht mit Bewusstsein erfüllen. Die wollen, dass alles so bleibt, wie es ist, und dafür der eine oder andere Krümel abfällt. Alles andere irritiert. Außerdem: Wer ist schon gerne Proletariat, vor allem, wenn er aus dem Mühlviertel mit dem Bus zur Arbeit muss? Nach der Politik gab der Schlagzeuger das Schlagzeugspielen auf. Er kam nur mehr selten zu mir und blieb schließlich ganz aus. Das Schlagzeug ließ er abholen, und wenn wir uns über den Weg liefen, grüßte er flüchtig, als hätten wir nie eine gemeinsame Zeit gehabt.

Auch der Schneckenkönig hat seine Meinung von der Politik. Manchmal achten wir nicht darauf und sind plötzlich in einer Nachrichtensendung. Es dauert nicht lange, und ein Politikerkopf kommt ins Bild. Auch ich habe mir angewöhnt zu zielen. Der Schneckenkönig schießt mit einem Maschinengewehr aus der Hüfte. Ich drücke mit dem Revolver ab. Peng, peng. Wir wollen nicht hören, was da gesprochen wird, über uns sprechen sie nicht. Wir schießen und bleiben schussbereit, auch beim nächsten Beitrag.

Ich gewöhne mich nicht an den Verkehr. Immer ist da das Gefühl, das nächste Auto bricht durch die Wand. Das Quietschen der Eisenbahn, die sich auf den Schienen Richtung Donau in die Kurve legt, ist erträglicher, aha, jetzt ist es halb acht. Man braucht keinen Wecker. Für den Sprung über die Straße in die Berggasse musste ich nicht lange überlegen. Ich wohne wieder im letzten Haus, jetzt ein paar Meter oberhalb der Straße auf dem Fels, die Gasse ist auf dieser Seite eine Sackgasse, hinter dem Haus beginnt der Wald, nur ein Fußgängerweg führt hinunter zur Straße, die die gewachsene Fortsetzung der Talgasse auf der anderen Seite gekappt hat. Das Haus ist weniger feucht und weniger laut, ein Zimmer, auf dem Gang der Kühlschrank, Substandard, aber mit Blick auf die Donau. Das Haus ist ein Durchzugshaus. Der Vermieter hat mich gefragt, warum ich so lange bleibe. Ich habe keine Familie in der Türkei, die wartet, dass sie kommen darf. Im Zimmer neben mir wohnt seit einigen Monaten der Schneckenkönig. Manchmal bin ich bei ihm, oft ist er bei mir. Der Donau möchte ich nahe bleiben. Sie gibt mir die Sicherheit, dass es weitergeht. Als Kind ließ ich kein Schiff vorbeiziehen, ohne ihm zu winken. Natürlich haben die Passagiere vom Ausflugsdampfer als Antwort wild und übermütig gestikuliert und auch gerufen. Aber lieber waren mir die Matrosen auf den Lastkähnen mit den fremden Flaggen. Ihr stiller Gruß war nicht flüchtig. Sie hoben die Hand, und ich verstand ihre Sprache. Die Matrosen auf dem Schiff nahmen mich ernst, und ich wusste, dass ich jemand bin. Am Ufer der Donau, Auge in Auge mit den schwarzen Schiffen, bekam ich eine Ahnung davon, dass jeder Mensch Bedeutung hat.

Wenn im Radio nach langen Frosttagen gemeldet wurde, dass die Bayrischen Krapfen kommen, sind wir Kinder losgezogen auf die Eisenbahnbrücke, unter uns dicke Eisschollen, die sich an den Brückenpfeilern aufstellten, übereinander legten und verkeilten. Dabei krachte und knirschte und stöhnte das Eis. Ein kleiner Schrecken blieb immer, denn wir hatten in Heimatkunde gelernt, dass vor den

Regulierungen und Stauwerken Eisstöße Brücken mitgerissen und die Ufer abrasiert hatten. Jetzt treiben nur vereinzelt träge, wasserhelle Schollen in der Donau. Es gibt keinen Eisstoß mehr.

Aber sie haben die Donau nicht ganz im Griff. Das beruhigt mich. Der Pegelstand geht auf die 800er Marke zu. Das Wasser steigt und leckt über die Straße unter mir. Hier haben wir gelernt, mit dem Wasser zu leben. Die Sandsäcke sind gestapelt als Damm, vor den Türschwellen und Fensterbrettern, die Keller sind ausgeräumt, die Möbel vom Erdgeschoß auf den Dachboden geschafft.

Der Handchirurg möchte operieren. Das Mondbein weist mich hinein in eine neue Welt. Vor drei Tagen habe ich noch nicht gewusst, dass es Chirurgen gibt, die sich auf Sehnen, Muskeln und Knöchelchen der Hand spezialisiert haben. Sie nähen Daumen und ganze Hände wieder an. Mir steht eine Reihe von Untersuchungen bevor. Es gibt einen Plan. Ein Stück vom Hüftknochen kommt an Stelle des Mondbeines in die Hand, die Speiche wird gekürzt und dann wird geschraubt und geschient. Aber es gibt keine Erfolgsgarantie. Die Hand kann steif werden, der Schmerz bleiben. Was mache ich mit einer steifen rechten Hand? Was mache ich, wenn die Schmerzen nach der Operation nicht nachlassen?

Krankenstand, so etwas gibt es bei uns nicht, das weißt du, ja?, sagte der Jasager, und schon hatte ich den Brief. Ich bin draußen. Der Arbeit hänge ich nicht nach. Jetzt kann ich ausschlafen. Ausrasten. Und dem Wasser zuschauen, wie es steigt. Immer die Hände im Eiswasser. Immer die kalte, zugige Halle. Immer der Fischgeruch. Der Arzt sagt, mein Mondbein stirbt, weil es zu wenig durchblutet ist. Es wird zu wenig durchblutet, weil ich meine Hände nicht geschont habe. Das kann passieren, wenn man als Einlegerin arbeitet. Auch Kassiererinnen trifft der Mondbeintod und Arbeiter, die mit dem Presslufthammer arbeiten. Aber unmittelbare Zusammenhänge können nur schwer nachgewiesen werden. Da werde ich laufen müssen. Für die Anerkennung einer Berufskrankheit gibt es klare Bestimmungen. Mindestens zwei Jahre dieselbe Tätigkeit. Das geht sich knapp nicht aus. Vor zwei Jahren habe ich für eine andere Firma Bananen verpackt und Bananenkisten geschleppt. Dann kam ich in die Firma zum Jasager. Er zahlte meiner Verleihfirma Ablöse und übernahm mich als Einlegerin in die Stammbelegschaft. Es war ein beruflicher Fortschritt. Endlich längere Zeit in ein und derselben Firma arbeiten. Kolleginnen kennen lernen. Mit dem Geld etwas mehr Spielraum haben. Ich war die einzige Österreicherin. Neben mir und mir gegenüber Türkinnen, Afrikanerinnen, eine

Vietnamesin, eine Bulgarin, eine Ukrainerin. Manche Frauen sprachen gut Deutsch, manche gar nicht. Mich schienen alle zu verstehen, und sofort war ich die Vorarbeiterin. Die Frauen hatten Respekt vor mir und dachten mir einen Einfluss zu, den ich nie besaß. Eine Zulage gab es nicht. Der Jasager war der Ansicht, es genügt, wenn ich die Österreicherin herauskehre, und das sei ja noch keine Leistung, ja? Mit der Ukrainerin bin ich schnell warm geworden. Ludmilla hat sich durchschlagen müssen. Sie spricht gut Deutsch. Auch sie kann in Wirklichkeit viel mehr als Fische wickeln, wie die meisten hier. Eine Afrikanerin hat Wasserbau studiert, die Bulgarin war Lehrerin. Im Sommer legen wir Sauergemüse ein. Gurken, Kraut, Paprika, Zwiebel. Über den Winter werden Saisonarbeiterinnen hereingenommen, denn der Winter ist die Saison der Garnelen und Heringe. Die Garnelen kommen in großen, gefrorenen Blöcken zu uns. Wir legen die Eisblöcke in Wasser, bis sich die Garnelen voneinander lösen. Die Garnelen werden von weit hergebracht, aus Thailand und aus Grönland. Manche tragen noch ein Stück Schale am Schwanz, es gibt Riesengarnelen, außerdem Flusskrebse und Muscheln. Nach dem Eisbad schöpfen wir die Garnelen in den Sud und lassen sie ziehen. Schwimmen die Garnelen abgefüllt in ihren Bechern, sind die Heringe an der Reihe. Zwei

Finger breit Zwiebeln und eine Essiggurke in das Filet gewickelt oder Bismarckheringe zerstückelt, mit sauren Zwiebeln in ein Glas gestopft und Marinade dazu. Gewickelt nach traditioneller Art steht auf dem Etikett der Rollmopsgläser, in Handarbeit gewickelt auf dem Etikett der Teufelsroller. Wir arbeiten in einer zugigen Halle, die wegen der Fische und Garnelen nicht beheizt wird. Die meisten von uns sehen im Winter bei der Arbeit verwegen aus. Lange Hosen unter dem Kleid, dicke Westen über dem Arbeitsmantel, Kopftücher, Hauben, Pulswärmer, rote Nasen. Und immer der Fischgeruch in der Nase, in den Haaren, auf der Haut.

Vor fünf Monaten begannen die Schmerzen in der Wanne mit dem Eiswasser. Ein unsichtbares Messer schabte mein Handgelenk blank. Spitz und scharf verbiss sich der Schmerz im Arm. Sehnenscheidenentzündung, sagte der Hausarzt. Daraufhin schmierte ich Salben, trug bei der Arbeit einen Verband unter den Handschuhen und schluckte Schmerztabletten. Daheim legte mir der Schneckenkönig Packungen auf. Der Schneckenkönig kennt sich aus mit Kräutern. Das ist keine Sehnenscheidenentzündung, sagte er nach zwei Wochen. Kranksein gibt es nicht in der Firma, das wusste ich, da sind sie schnell, es gibt auch keine kranken Kinder, das muss geregelt sein, der Jasager nimmt lieber Ältere und Kinderlose, nur bei den Saisonarbeiterinnen ist er nicht wählerisch, die sind schnell ausgetauscht.

Meine Mutter hat in einem Lager gearbeitet. Sie trug einen braunen Arbeitsmantel, schleppte Pakete von einem Regal zum anderen, trug sie hinaus zu den Lastwägen und schleppte andere herein. Sie behielt die Übersicht. Mein Reich, sagte sie, und sie war stolz, dass sie die einzige Frau im Lager war. Bis sie es mit den Bandscheiben zu tun bekam. Mit Korsett und Nierenwärmer schleppte sie sich in die Arbeit. Eine Therapie war notwendig, vor der Arbeit setzte sie sich in Schlammbäder, nach der Arbeit lief sie zur Massage, weil das alles nichts nützte, blieb sie doch ein paar Tage daheim. Die Ärztin riet zu einer Kur. Sie lehnte ab. Du ruinierst dir deine Bandscheiben für die Firma, sagte ich, sei nicht so blöd. Beim nächsten Krankenstand kam der Brief. Kein Abschied. Kein Dank. Und jetzt ich. Das Mondbein kaputt. Und schon ist der Brief da. Körperliche Arbeit macht mir nichts aus, da bleibt der Kopf frei, dachte ich, wenigstens der Kopf. So habe ich mein Leben lang geschleppt, gestemmt, geschoben, gehoben, getragen, getippt, geschraubt, gewickelt. Natürlich ist der Kopf nicht frei geblieben. Nach der Frühschicht zu müde für die Freiheit am Nachmittag, nach der Abendschicht zu erschöpft für die Freiheit am Tag. Zu müde und erschöpft für das Leben. Zu müde, um ein Buch zu lesen oder ins Kino zu gehen. Zu müde, um Leute zu treffen, zu müde, um über die Brücke nach Linz zu gehen. Nur zur Donau hinunter, diesen Weg habe ich nicht aufgegeben. Aber auch da bin ich zu erschöpft, um nach den alten Träumen zu greifen. Dicht umschwirren sie mich, nimm uns, sagen sie, das ist doch nicht dein Leben. Ich verscheuche sie. Soll ich Bilder malen? Soll ich Gitarre spielen?

Bleib daheim, sagte der Schneckenkönig, du ruinierst dir die Hand. In der Firma gibt es keinen Krankenstand. Also doch jeden Tag mit den Schmerzen in der Hand in die Arbeit, jeden Tag mit den Händen ins Eiswasser, die Pulver nützen nichts. Das unsichtbare Messer schabt am Handgelenk, und die Sehnen scheuern über die Knochen. Warum sind sie nicht früher gekommen?, fragt der Arzt. Zu spät. Ohne Mondbein brauche ich die Gitarre gar nicht in die Hand zu nehmen und auch nicht den Pinsel.

Der Schneckenkönig lässt sich von niemandem etwas sagen. Er treibt sich nicht selbst zu einer Arbeit, die er nicht machen will. Er arbeitet, wann es ihm passt. Er zahlt keine Steuern. Der Schneckenkönig hat als Jugendlicher eine Lagerhalle in Brand gesteckt, weil es ihm zu eng geworden ist. Deshalb haben sie ihn eingesperrt und ihm das Kreuz gebrochen. Nicht nur einmal. Ich weiß nicht, was sie sich erwarten vom Einsperren. Da gibt es eine

Hierarchie, in der der Neue Freiwild ist für die anderen. Die Wärter schauen weg, jedenfalls sehen sie nichts, wenn sie den Neuen in eine Ecke drängen, ihn zwingen, sich niederzuknien und sich zu bücken. Der Schneckenkönig hat aus der Justizstrafanstalt den bösen Blick mitgebracht. Damit verdient er sich jetzt sein Geld. Er schaut. Als Türsteher. Wenn es kein Gedränge geben soll. Wenn einem nicht zu nahe getreten werden darf. Der Schneckenkönig ist kein Muskelprotz. Er hat die Kraft im Blick. Rotbraune Augen, in denen ein dunkles Feuer brennt. Er hat nichts vergessen und nichts verziehen. Ein Wink mit den Augen, und die Leute treten zurück. Der Schneckenkönig verbringt viel Zeit in der Au und im Wald. Er sammelt Schneckenhäuser. In seinem Zimmer stapeln sich Schachteln auf den Regalen, dazwischen Gläser und Dosen. Er beschriftet sie mit Datum und Fundort. Besonders schöne Exemplare zeigt er mir. Ich ertaste die Rillen, ich folge den Windungen mit den Fingerkuppen von der Spitze und wieder zurück, ich spüre die Zerbrechlichkeit der Gehäuse. Der Schneckenkönig ist auf der Suche. Er ist auf der Suche nach dem Schneckenkönig, einem Gehäuse, das sich von rechts nach links gegen den Uhrzeigersinn dreht. Eine seltene Mutation bei den Weinbergschnecken. Der Schneckenkönig ist seit seiner Kindheit auf der Suche. Unsere einzige gemeinsame Reise führte nach Wien ins Naturhistorische Museum. Die ausgestopften Säugetiere interessierten uns nur am Rande. Wir hasteten vorbei an den Glaskästen. In manche Tiere waren die Motten gekommen. Ein Wolf war an der Seite kahl und erinnerte mich an meinen Schakal. Der Wolf war 1950 in der Steiermark erschossen worden, nachdem er über die Grenze gewandert war. Die Fische blickten uns traurig nach mit offenen Mäulern und gläsernen Augen. Unser Ziel war die Abteilung der wirbellosen Tiere, und dort eine Vitrine mit dunkelbraunem Holzrahmen. Lange standen wir vor dem Glas, hinter dem drei Schneckenkönige ausgestellt waren. Einem Museumswärter kamen wir mit unserer Bewunderung verdächtig vor. Immer enger zog er seine Kreise um uns, bis ihn ein Blick des Schneckenkönigs aus dem Saal wies.

– Ob sie mit einer Alarmanlage gesichert sind?, fragte ich den Schneckenkönig.

– Willst du sie mitnehmen? Du kennst mich schlecht. Diese Schneckenkönige will ich nicht. Ich finde meinen Schneckenkönig.

Bei dem Regen treibt es auch die Schnecken an die Oberfläche. Im Wald rutschen sie über den aufgeweichten Boden. Die Feuerwehr hat in der Rudolfstraße Aufstellung genommen. Die Männer pumpen Keller aus. Bald werden sie Verstärkung erhalten vom Bundesheer. Wir brauchen mehr Sandsäcke, damit der Donauschlamm nicht in die Häuser dringt. Der Handchirurg will operieren. Wenn die Operation klappt, greife ich nie wieder in den Dreck oder ins Eiswasser. Ich weiß nicht, wann der Schneckenkönig nach Hause kommt. Er weiß noch nicht, dass mein Mondbein stirbt. Auch seine Arnikaumschläge und Kirschkernbeutel werden nichts helfen. Fremd komme ich mir vor, wenn ich meine Röntgenbilder sehe. Was ist meine Hand anderes als ein Haselgestrüpp im Winter. Ich bin froh, dass nicht mein Schädel ausgestrahlt wird. Ich möchte mir nicht in die Augenhöhlen sehen.

Ich war auf dem Arbeitsamt und habe mich erkundigt. Was mache ich mit einer rechten steifen Hand? Mit einem absterbenden Mondbein kann mich die Verleihfirma nicht mehr brauchen. Am Arbeitsamt wollen sie mich auch nicht. Da heißt es entweder – oder. Mein Vermittler hat sich in die Telefonzentrale versetzen lassen. Wahrscheinlich, weil es zu viel gibt zwischen entweder und oder. Es heißt, er hat seine Sprache verloren. Klappt den Mund auf und zu wie ein Karpfen, bevor er zu sprechen beginnt. Am Telefon sieht man das nicht.

Die Donau hat sich unsere Straße genommen. Das Wasser schwappt zu den Sandsäcken. Die Sirenen heulen. Hochwasseralarm. Hier, an meinem Fensterplatz, kann ich nichts tun. Ich werde hinüberwaten zu den Feuerwehrmännern. Jede Hilfe ist gefragt. Ich kann Wasserschöpfen und Schlammschaufeln oder beim Ausräumen helfen. Mein Mondbein soll wissen, dass es mich gibt.

Inhalt